遺跡発掘師は笑わない

元寇船の眠る海

桑原水菜

角川文庫
20354

遺跡発掘師は笑わない

元寇船の眠る海

The sea where a Mongolian invasions ship lies

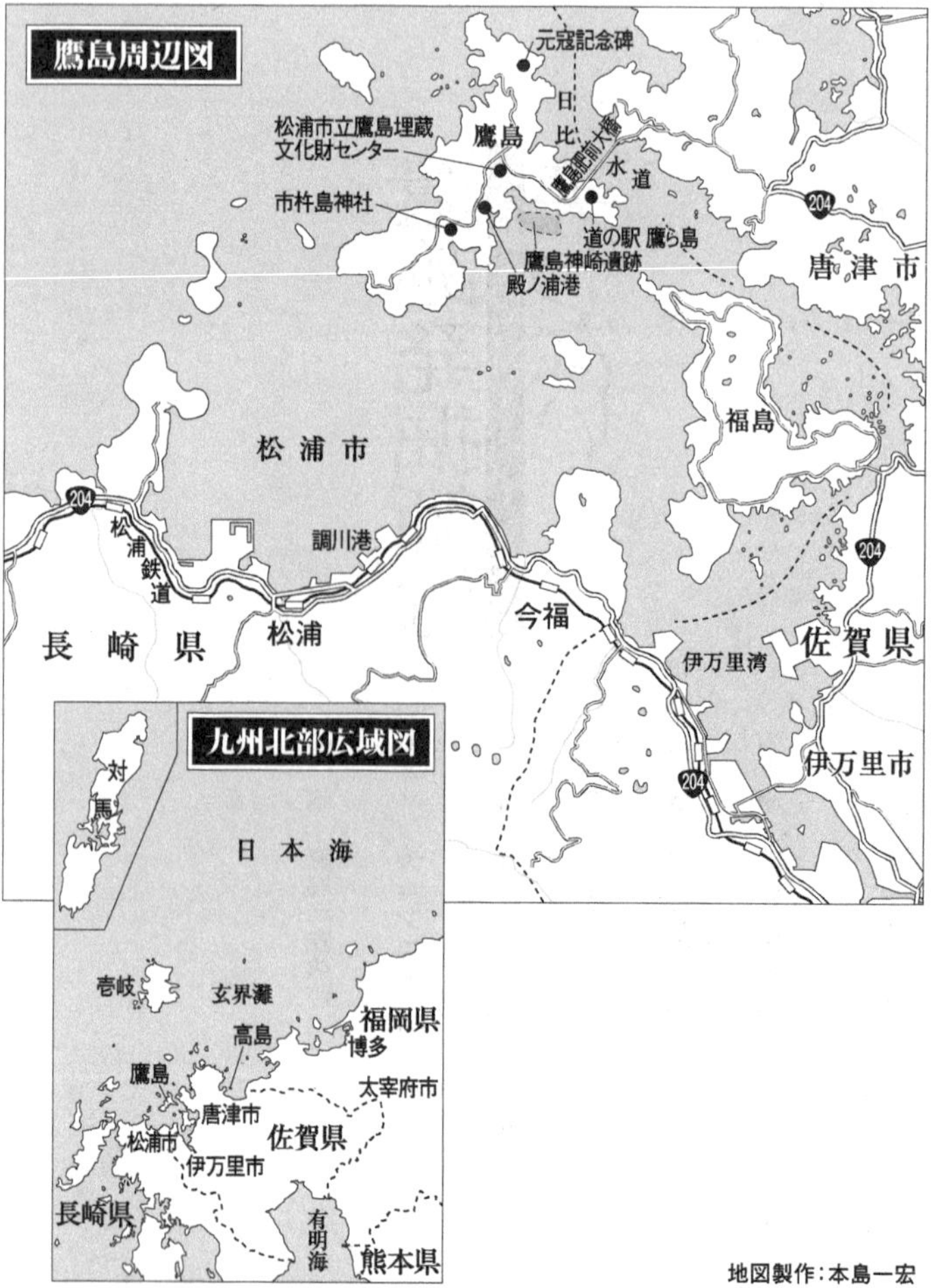
鷹島周辺図
元寇記念碑
日比水道
鷹島肥前大橋
松浦市立鷹島埋蔵文化財センター
鷹島
市杵島神社
道の駅 鷹ら島
鷹島神崎遺跡
殿ノ浦港
唐津市
福島
松浦市
204
松浦鉄道
調川港
今福
松浦
長崎県
佐賀県
伊万里湾
伊万里市
九州北部広域図
対馬
日本海
壱岐
玄界灘
福岡県
博多
高島
鷹島
太宰府市
唐津市
佐賀県
松浦市
伊万里市
長崎県
有明海
熊本県

地図製作：本島一宏

序　章

定期船は夏休みとあって、そこそこ混んでいた。

と言っても、車を載せるフェリーではなく、人だけが乗れる小型船だ。バスのようなもので、島に住む住民の、生活の足だった。ほんの十分ほどで目指す島に到着する。

小さな港にはささやかな桟橋がある。今日の唐津《からつ》湾は、波もなく穏やかだ。

「あっつー……」

エアコンの効いた船内から外に出た永倉萌絵《ながくらもえ》は、むわっと押し寄せてきた熱気によろめきそうになった。

「ここが高島《たかしま》かあ。かわいい島だなあ」

「暑くて死にそ……」

西原無量《さいばらむりょう》が桟橋に降り立った。

無料配布のうちわで、しきりに胸元をあおぎながら、

「いったい何なん。いきなり、ひと呼びつけて。こんな島まで来て」

「西原くんがいなきゃ意味ないの。やっぱ本人がいたほうが御利益あるでしょ」

御利益？　と無量は首をかしげた。

高島は、唐津湾に浮かぶ小島だ。

海に浮かぶこたつ、のような姿をしている。

佐賀県唐津市。九州の北、玄界灘《げんかいなだ》を望む古い城下町だ。佐賀はかつて炭鉱で栄え、この高島も昔は、石炭を運ぶ船の積み出し港として賑《にぎ》わったというが、今はひっそりしたものだ。島の真ん中には山がそびえ、その周囲のわずかな平坦《へいたん》地に、平屋建ての家が身を寄せ合うようにして並んでいる。

集落に張り巡らされた道は、車も入れないほど細い。家々の間を縫うように、少し歩いたところに、目的地はあった。

「宝当《ほうとう》……神社？」

「うん。そう」

萌絵は目を輝かせた。

「なんと！　お宝を当てる御利益があるんだって！」

無量は、絶句した。

「なにそれ」

さほど大きな神社ではない。

規模からいえば、村の鎮守様といった風情だ。こぢんまりとした境内には、赤い旗がたくさんはためき、看板には旺盛《おうせい》な文字が躍っている。

「宝くじがあたる……神社？」

「うん。お参りした人が高額当選してるみたい」

同じ定期船に乗っていた観光客が、続々とやってくる。皆、目的はこの神社だったのだ。その名の通り「参拝すると〝宝〟くじが〝当〟たる」と評判になっていて、この神社をめあてに島を訪れる観光客は年々増えているとか。

とはいうものの、社殿に華美さは皆無で、瓦葺《かわらぶ》きの灰色屋根は周囲の家々に溶け込み、窓にはサッシがはまっていて、見た目には村の集会所かと思う質素さだ。

「まさか！　宝くじ当てるために、わざわざ来たのかよ！」

「そんなわけないでしょ。いいから、お参り」

萌絵に袖《そで》をひかれて、神前で柏手《かしわで》を打った。

どん引き気味な無量の願掛けはあっさり終わったが、萌絵はやけに熱心に念じている。壁には「高額当選しました」という報告の手紙が、所狭しと張ってある。そのアピール力に圧倒されて、無量はあぜんとしてしまった。

ようやく萌絵の願掛けが終わった。

「はい。これでおっけー」

「そこまでして宝くじ当てたいわけ？　どこまで強欲……」

「ちがいます」

萌絵は毅然《きぜん》と言い返した。

「西原くんが今度の発掘で、無事お宝を当てますようにってお願いしにきたの」

無量は目を丸くした。

「……ってか、遺物は別にお宝じゃ」

「お宝でしょ。みんなのお宝です。それに今度の現場は本当の宝物も眠っている可能性が高いって、教育委員会の内海《うちうみ》さんも言ってたじゃない」

無量は呆《あき》れた。

「そりゃそうかもしんないけど、宝くじ当てるみたいに当たるもんじゃないっつの」

「そんなことわかってるけど、宝当神社っていうくらいだから、遺跡発掘にだって有効なはずでしょ。そのうち宝くじに負けじと発掘関係者もばんばん拝みに来るようになるかもよ」

「神頼みで遺構が発見できたら苦労はないの」

「西原くんの右手だって、似たようなもんじゃない」

「全然ちがうし」

西原無量は、亀石《かめいし》発掘派遣事務所（通称カメケン）所属の遺跡発掘員だ。

二十三歳という若さで、国内のみならず、海外の遺跡発掘にも派遣されている。取得が難しい「レベルA」の腕をもつ、カメケンきってのエースディガーだ。

かたや、永倉萌絵はカメケンの所員。現在は、発掘コーディネーターを目指して、修練に励んでいる。無量よりも四つ年上で、今はこの生意気なエース発掘員の（暫定）マネージャーをしている。

亀石発掘派遣事務所は、遺跡の発掘調査に関わる人材コーディネートを主な業務としている。発掘調査に関わることは何でもござれ。全国から寄せられる依頼に応じている。発掘調査のみならず、遺跡修復プロジェクトや文化財修復、果てはシンポジウム企画から見学会運営まで、およそ遺跡や文化財に関わるものすべて、広く請け負っている。

無量が、今回派遣されたのは、九州北部。

長崎県松浦《まつうら》市にある現場からも近い唐津の街に、休日を利用してやってきたところだ。

ちょうど出張で福岡に来ていた萌絵から呼び出され、この高島を訪れた。

社殿から出てくると、参拝に来ていた観光客が、社務所の前に群がっている。御守を求めているようだ。萌絵もすかさず突撃していった。

「はい。これ」

萌絵が買ってきた御守には、黒地に銀糸で「必当御守」と刺繍《ししゅう》されている。

受け取った無量は、げんなりだ。

「なんかすげープレッシャー感じるんだけど」

「必当の心意気でお願いします」

宝当神社は、由来を紐解《ひもと》いてみても、特に宝物と関係があったわけではなさそうだ。

戦国時代に、海賊から島民を守った野崎綱吉《のざきつなよし》という人物を祀《まつ》っている。社は、その亡骸《なきがら》を埋葬したところに建っているという。

高島は、観光地としては特にこれといって見どころのある島ではない。だが、漁村らしい風情があり、狭い土地にぎゅっと身を寄せ合っている家々の佇《たたず》まいが独特で、無量は興味深そうに見て歩いた。

細道だというのもあるが、相変わらず、歩調を相手に合わせもせず、ひとりでどんどん歩いていってしまう。これもひとりっ子の習性なのか。単にマイペースなのか。だが、時々振り返っては萌絵がついてきているか、確かめるようにもなった。

小さな変化だが、萌絵にはそれがうれしい。

萌絵が御守を渡したのは、本当は、遺物を当ててもらいたいためではない。もちろん、それもあるけれど、それ以上に、無事に発掘調査を終えて欲しいとの願いがこもっている。というのも、今回は、いつにもまして危険を伴う現場だからだ。

——事故など起きず、安全に、発掘調査を終えられますように。

それが本当の、願い事だった。

「おっ。猫だ」

路地からヒョイと現れた猫を、無量は無造作に撫《な》で始めた。よほど人になついているのか。仰向《あおむ》けに寝転がった猫の腹を、無量は延々と撫でている。どこかぶっきらぼうな手つきが、彼らしい。

動物好きなのだ。萌絵も和んでしまった。

――で、西原くんって、ぶっちゃけ彼女いるの？

不意に、同僚キャサリンの言葉が脳内に甦《よみがえ》った。

つい先日のやりとりだ。

――し、しらないよ。そんなプライベートまで。

――何ヶ月も東北の現場にいるんでしょ。女性の多い現場だし、ちょっとかわいい子がきたら、もってかれちゃうかもよ。

自称「中学生の頃からオトコを切らしたことがない」キャサリンは、そう言って萌絵を脅した。

――だからって、私にどうしろと。

――どうしろって、そんなのわかるでしょ。いくら発掘馬鹿でもオトコなんだから、かわいい彼女候補が目の前に現れて好き好きアピールされたら、ふらっといっちゃうかもよ。

――わ、わたしには関係ないし。

――今更なにいってんの。ばればれだよ。

――だって、ぜんぜんそういう空気にならないし、そもそも、そういう対象にはみられてないだろうし。しかも四つも年上だし……。

――逃げてる。

キャサリンは厳《いか》めしい顔で言った。

──言い訳ばかりしてると、いつか後悔するよ。

そうはいわれても、と萌絵は途方にくれてしまう。

無量が誰かのものになってしまうところを想像すると、心は騒ぐけれど、変に色恋話を持ち込んで、今の関係を壊したくはない。そんな空気じゃないことくらい、とことん鈍い自分だって重々わかっている。

少しがんばって色恋めいた空気を醸した途端、向こうが引く気配も感じるし……。

これでも距離感には細心の注意を払っているのだ。当然だ。仕事に差し障りがでても困る。これ以上、踏みこんだら困らせるだろうと思うと怖くて口にも出せない。

──そういうの、独り相撲っていうんだよ。

「……そんで？　あんたはいつまでこっちにいんの？」

ふいに話を振られて、萌絵は我に返った。

「私？　九博のシンポジウムが終わるまでだから、あと一週間かな」

「ふーん。じゃ、次の土日はいないの？」

「次の土日はシンポジウムだけど、せっかくだから、そのまま夏休みとって九州旅行でもしようかな、と」

ふーん、と無量は繰り返す。どうしようか、考えているような間《ま》の後で、

「じゃあさ、次の次の土曜日、ちょっとつきあってよ」

「え？　なにに？」

「母親にさ、唐津焼、買っていきたいんだけど……焼きものってよくわかんないから、ちょっと一緒に見てくんね？」

意外な申し出だった。

「お母さんにおみやげ？　西原くん、優しいところあるんだね」

「うち、ばあちゃんがお茶やってて、昔はいろんな窯の焼きもの集めてたりしたんだけど、色々あって、みんな売っちゃって……。唐津焼は、母親も好きだったし、誕生日近いから」

無量が身内の話をするのは珍しい。

祖父が遺物捏造《ねつぞう》事件を起こしてから西原家は経済的にも大変だった、と聞いていたので、萌絵はすぐに察した。騒動がきっかけで両親は離婚している。父親・藤枝幸允《ふじえだゆきのぶ》に対しては嫌悪を隠さない無量だが、母親については、あまり口にすることもなかった。口にはしないけれど、いつも気にかけていたのだろう。

「そう……。そういうことなら、さっそく探しに行こうよ。午後まるまる時間あいてるし」

「あ、再来週でいい」

「なんで？　午後は用事がある？」

「いや。でも再来週で」

無量は歯切れの悪い答えを繰り返す。萌絵は首をかしげた。

ぶらぶらと島内を散策しているうちに、唐津に戻る定期船は出てしまったようだ。

「えっ。次の船は三時間後ですか！」

神社以外はこれといって、見るところもない島だ。炎天下で時間潰《つぶ》しをするのも、なんだ、と思った無量は、溜息《ためいき》をつき、

「なら釣りでもすっか……」

「あ、海上タクシーなら、呼べば、すぐきますよ」

と、みやげ屋の店主が教えてくれた。唐津と高島を結ぶ船のタクシーだ。ひとり五百円程で乗れるという。ならば、一安心だ。

「とりあえず、昼ごはんにしよっか」

ふたりは桟橋近くの食堂に入った。日曜日だが客もまばらで、甲子園《こうしえん》のテレビ実況の声が奥から聞こえてくる。ふたりは冷やし中華を食べた。島の休日らしい、なんとものんびりとした空気だ。

穏やかな唐津湾は、夏の日差しを受けてきらきらと光っている。防波堤の白いコンクリートにかもめが数羽戯れている。遥《はる》か対岸には、火力発電所の大きな二本煙突が、陽炎《かげろう》のなかでゆらゆら揺れている。

かき氷をかきこみながら、海風に吹かれて、無量が言った。

「忍《しのぶ》、いつ帰ってくんの？」

相良《さがら》忍。亀石発掘派遣事務所の所員で、萌絵の同僚だ。

無量とは幼なじみで、今は同居人でもある。数年前まで文化庁の職員だった。いまは所長の亀石弘毅《ひろき》とともに、釜山《プサン》で行われている文化交流シンポジウムに出席するため、海外出張中だった。

「相良さんなら、木曜日には戻ってくると思う」

「忍のやつ、もう二ヶ月ぐらい顔見てねーわ」

無量はつい先日まで、岩手での復興発掘に参加していた。岩手から直接、九州入りしたので、住民票の上では同居中だが、実際はもう何ヶ月も別々の暮らしだ。

「釜山なら近いじゃん。こっち寄ってくんないかなあ……」

「恋しくなっちゃった？」

「あー……。忍のだし巻き玉子くいてー」

無量にとって忍は、兄のような存在であり、年上の親友でもある。心を開ける数少ない相手だった。

無量は首から提げた緑色琥珀《こはく》を手にとった。忍の父親が遺《のこ》した形見であり、今では無量の大事な御守だ。その石を掌《てのひら》でぎゅっと包み、表情を曇らせたのを見て、萌絵は思わず覗《のぞ》き込んだ。

「どうしたの？　何か心配事でも？」

「いや……」

無量の胸には、ずっとひっかかっていることがある。忍に関する小さな疑惑だ。

が、それを口にはせず、防波堤の方を見た。かもめがいる。

二羽で戯れるかもめを眺めている。

その横顔を、萌絵は見つめている。

発掘で集中している時の無量は、時折、近づくことも憚《はばか》られるほどの緊張感をはらんでいるが、こうして肩から力を抜いている時は、はっとするほど無防備で、少年のような目をしている。

キャサリンの言う通りだ。離れている時ほど、彼のことを考えてしまうのも、ただの一人相撲なんだろう。自分が手をこまねいているうちに、誰かのものになってしまうのではないかと、不必要に焦ったり心配になったりもする。自分の想いを打ち明ける勇気もないくせに、不安も何もないという厳しい意見は、ごもっともだ。

無量にそんな相手はいないよ、と。忍から証言は得ているけれど。

手を繋《つな》いで仲睦《なかむつ》まじく街を歩く恋人たちをみて、自分たちにもあんなふうになれる未来があるのだろうか、なんてぼんやり思ったりもするけれど。

自分から、そんな言葉を持ち出すのは、こわい。

それよりも、こうしている時間が大切だ。

触れてなにかが壊れてしまうくらいなら、ずっと、この距離のままでいたい。

この距離で、彼が掘り出すものを見たいと思う。

鬼の顔のようなその右手が、摑《つか》むものを見てみたいと思う。

海が輝いている。

今度の無量の現場は、この海だ。

玄界灘に面した小さな島の沖合が、発掘現場だった。

無量は水中発掘に参加するために、九州へとやってきていた。

波音が聞こえる。

「くれぐれも、事故のないようにね」

陸の上ではない発掘は、なにもかも勝手がちがう。特別な技能が必要だし、そもそもが人の生きていられる場所ではないので、大きな危険を伴う。

「心配すんなって」

無量は海を見ている。

ポケットから萌絵がくれた御守を取りだして、日にかざした。

「遺物必当。元寇《げんこう》のお宝、いっちょ当ててやりますか」

無量がこんな前向きな言葉を口にするのは、珍しい。

この海の底に、どんな遺物が眠っているのか。

だが、それと出会った無量は――。

目覚めさせてはいけない遺物だったと思い知ることになる。

第一章　鷹島海底遺跡

　朝から、厳しい暑さだ。

　青空が広がり、雲ひとつない。海面は猛暑の日差しを受けて、目に痛いほど眩《まぶ》しく輝いている。

　日差しは強いが、波は穏やかで海中も比較的澄んでおり、発掘調査にはもってこいのコンディションだ。

　鷹島《たかしま》沖での水中発掘調査は八日目を迎えていた。朝八時半、調査船の母港である殿《との》ノ浦《うら》港ではブリーフィングが行われている。今日の段取りを綿密に打ち合わせ、機材の安全チェックを行って、いざ出港。調査地点に至り、海中へと潜る。

　潜水チームは八名。二名ずつ四組に分かれて、それぞれ午前と午後一回ずつ、海中作業を行う。船は調査地点に着くと、アンカーを三カ所に打ち込んで海上に固定される。波に揺られる船上は、ダイバーたちがせわしく行きかっている。無量《むりょう》もウェットスーツを着込んで準備を始めていた。手首にダイブコンピューター（ダイコン）をつけているところへ、バディを組むダイバーが声をかけてきた。

「よう、無量。おまえ昨日、唐津で彼女とデートしとったやろ」

髪を明るく染めた元気のいい若者は、無量の顔を覗き込んだ。

「こんなとこまで彼女呼ぶなんて隅におけないね、ムリョーたん」

「彼女じゃない。事務所のマネージャー」

「カメケンの？　あんなコいたっけ」

「おまえよりふたつ上。現場の安全祈願しにきただけ」

「なんや、せやったんか。そりゃ三無《さんむ》の無量とつきあう物好きなぞ、おらんわなあ」

「んだよ。三無って」

「無口・無表情・無愛想に決まっとるやろ」

「うっせーぞ。広大《こうだい》」

無量にどつかれ、東尾《ひがしお》広大は歯をむき出した。

日に焼けた肌は無量よりも黒く、短く刈った金髪が余計に引き立つ。身長も、無量とほぼ変わらないので、大柄なダイバーの多い現場では、子犬が二匹まぎれこんでいるかのようだ。

「ったく。どんだけ腐れ縁やねん。またいっしょに潜ることになるとはなあ」

「そっちこそ、なんでここにいんだよ」

「呼ばれたんやから、しゃーないやろ。ジブンこそ恐竜掘りはどうしたん？」

無量はタンクにレギュレーター（タンクの調節装置）をセットしながら答えた。

「今はちょっと休んでる。震災復興の緊急発掘やってる」

「せやったか……。しかし意外やんな。宝物発掘師《トレジャー・ディガー》ムリョウ・サイバラともあろうもんが、日本の発掘なんか退屈やろ」

「そうでもない。日本面白《おもしれ》ぇし」

広大は、目を丸くした。

「おまえの口からそないな言葉聞くとは……」

「なんだよ。その目」

「あんなに日本での発掘はせえへん言うとったのに、ジブン何かあったんか」

無量は今までのことを思い返して、動機を探したが、うまく言葉にできなかった。

「いろいろあったんだよ」

そこへ船室から小太りの年配男性が現れた。調査責任者である西海《さいかい》大学の丸尾《まるお》教授だ。潜水準備をしているふたりを見て、微笑んだ。

「年齢といい背格好といい、まるで双子だな。東西コンビ」

「やめてくださいよ。その呼び方」

「東尾広大、西原《さいばら》無量。うまい具合に東西、対になってるじゃないか」

無量と広大はお互い顔を見合わせ、嫌そうな顔をした。

「こんなのとコンビ扱いしないでください」

「せや。迷惑や」

「ははは。息の合うバディじゃないか。ふたりは、どういうなれそめだったんだ？」

「スキューバのインストラクター養成所で、たまたま一緒やったんすわ」

水中発掘調査に携わるためには、潜水士の資格、もしくはスキューバダイビングのインストラクターのための国際ライセンスがいる。作業を行うための潜水技能と知識が要るので、レジャーとは一線を画するためだ。

無量がライセンスを取ったのは、ヨーロッパの現場で水中発掘に参加することになったからだが、広大のほうは、素直にスキューバのインストラクターを目指していた。潜水士の資格をとったのも、そのためだ。

ちなみに国家資格としての「潜水士」は、学科試験のみで取れる。技能試験はないので、泳げない者でも取れる。とはいえ、泳げない潜水士はありえない。技能は別の場所で習得することになる。

広大はあいにくインストラクターには向いていなかったらしい。結局、潜水士の資格を生かして、港湾整備や海洋土木工事などの仕事についていたのだが、ある時、海洋調査に参加することになり、そこで司波孝《しばたかし》と知り合ったという。

司波孝は、潜水班のリーダーだ。

「こら、コーダイ。またおしゃべりか。さっさと準備しろ。昼飯抜きにしたいのか」

「あ、はい！」

広大が姿勢を正した。司波は世界的に活躍している水中発掘の第一人者であり、今回の調査に連れてきたのも、この司波だった。親子ほど年が離れているが、やんちゃな広大も、司波の前では従順だ。

「ほな、いってきます」

タンクを背負い、目に水中マスクをつける。午前の作業に取りかかる。

レギュレーターをくわえ、無量たちは船のふちに腰掛けて、タンクの重みを利用し背中から倒れ込むようにして海に入る。ザブンと水飛沫《しぶき》があがり、体が水中に沈んでいく。視界を覆ったたくさんの泡を海面付近に残し、底を目指す。水中調査が始まった。

長崎県松浦《まつうら》市にある鷹島。

伊万里《いまり》湾に浮かぶその島は、玄界灘《げんかいなだ》に面している。

長崎県の北端にあたり、湾を挟んで南側にある松浦市の中心部よりも、隣県にある唐津市のほうが近い、という小さな島だ。今はその佐賀県側と大きな橋で陸と繋《つな》がったため、車で直接、唐津のほうへとわたれるようになった。

そこは「蒙古《もうこ》襲来（元寇《げんこう》）」の島として知られている。

今から約七百四十年前——。元《げん》の皇帝フビライ・ハンは、二度にわたり、日本侵攻のために軍船による大遠征を行った。

一度目の侵攻は「文永《ぶんえい》の役」。

二度目の侵攻は「弘安《こうあん》の役」。

対馬《つしま》と壱岐《いき》の二島を蹂躙《じゅうりん》して、博多《はかた》湾に押し寄せた蒙古軍は、一度は上陸を果たした。日本は鎌倉時代。鎌倉幕府第八代執権・北条時宗《ほうじょうときむね》の時代だった。鎌倉幕府軍との激戦で一度は博多を制圧する。そのまま、太宰府《だざいふ》を攻略するのが目標だったようだが、攻め込まずに撤退した。

撤退した理由は、定かでないが、はじめから国力を見せつけて交渉の席につかせるためだったとも、指揮者同士の不和（蒙古・漢と高麗《こうらい》の連合軍だった）とも言われている。

その六年後のことだ。二度目の遠征が行われたのは。

この鷹島には、十四万の兵を乗せた四千隻もの軍船が押し寄せたとされる。

九州の御家人たちは時宗の命を受け、次なる侵攻に備えていた。博多湾に巨大な防塁を築き、二度目の襲来を撃退せんとして、激戦を繰り広げた。

元軍が攻めあぐねているところに、台風がやってきて、あまたの船は、暴風雨に巻き込まれ、一夜にして沈んだ……と古文書は伝えている。

鷹島付近の海底からは、この戦で沈んだ元寇船の一部や、それらが積んでいた遺物が見つかっている。

調査が始まったのは、今から約四十年前だ。

たくさんのダイバーによる潜水や、地元の漁民への聞き取り調査などを重ね、音響探査機で見つけ出した沈船の痕跡《こんせき》を詳しく調べて、数々の遺物を引き揚げた。

船体の一部、木製の碇《いかり》、陶磁器、そして元軍の武器「てつはう」……。

その後も、何度かにわたって調査がなされた。

特に島の南岸、海中において多くの遺物が見つかることから、その一帯は国史跡「鷹島神崎《こうざき》遺跡」に指定された。

無量が指名派遣されてきたのは、水中発掘の経験を買われたからだ。

今回は、西海大と松浦市教員委員会、司波海中考古研究会による合同調査だ。ダイバーチームには水中発掘で経験豊富な司波をはじめ、粒ぞろいの精鋭が集められている。

第一次調査における「音波探査」で見つかった「元寇船の調査」が、目的だ。

水深は十数メートルほどで、海底調査としては比較的、浅い。

無量は、かつて水深三十メートルの現場も経験している。そのときは、海底の視界は真っ暗で、ヘッドランプだけを頼りに、それらが照らす狭い範囲だけを延々と掘り続けた。あの水圧と暗闇の閉塞《へいそく》感と言ったら、なかった。肉体的にも精神的にも、きつい現場だった。

それに比べれば、鷹島の海底はだいぶ明るく、息詰まるような閉塞感も少ない。

とは言っても、そこは海だ。

慣れない者は、ほんの数メートルですら怖くて、それ以上は潜れなくなる。十メートルを超える深さにある「現場」にたどり着けるだけでも、希有《けう》だ。誰でもできることではない。その深さは五階建てのビルの高さに匹敵する。

朝一番の海は澄んでいて視界もきくが、作業を進めて行くにつれて、まきあげられた海底の泥や砂が、徐々に海水を濁らせていく。そうなる前に成果をあげたいところだ。

水中では動きも緩慢になる。体をぎゅうぎゅうとしめつける水圧もさることながら、水の抵抗を受けながら、ひとつひとつの動作を行わねばならないので、体力も筋力も使うし、なかなか骨が折れる作業だ。

沈没船は、海底に埋もれている。

海底の泥土を掘り、そこに埋もれる沈没船を掘り出すのが、今回の調査だ。

無量は黙々と掘り、「水中ドレッジ」というバキュームホースのようなものに土を吸わせていく。

土の下から、太いぼろぼろの木材が顔を出す。

沈没船の一部だ。

『おっ、なんやこれ』

少し離れたところで作業している広大の声を、水中電話のマイクが拾った。

『どうした。広大』

『兜《かぶと》ちゃうか。これ』

と興奮したかと思うと、ほどなくして、

『あ、兜ちゃう。たこつぼや』

海底には鋼管が打ち込まれ、グリッドがはられている。マス目のグリッドにそって掘っていき、その後で実測するところは、地上の発掘と同じだ。

元寇船とみられる沈船の発見は、これで二隻目だ。

この海域には、記録によれば、四千隻もの船が沈んだと言われている。

しかし、日本の海は水温の関係から、木材でできた船が沈むと、たちまち水中のフナクイムシに喰《く》われて、跡形もなくなってしまう。海底の土砂に埋もれきった船だけが、形を残せるのだが、七百年以上も前の船が残るのはほぼ奇跡に近い。

二十年ほど前には、巨大な木製の碇も見つかっている。

ただ、船は沈むときに壊れて、部材がばらばらになってしまい、船体が完全形で見つかることは、ほとんどない。

いま、出土している木材は船首と思われる。

無量たちは「水中ドレッジ」と呼ばれる装置から延びたホースの口を小脇に抱え、手スコ（移植ごて）で海底の土砂をかき、吸わせる。水中ドレッジとは、泥土移送装置ともいい、吸い込んだ土砂を少し離れた場所に排出する装置のことで、水中発掘では、なくてはならない機材のひとつだ。巻き上がった土砂も吸うので、水の濁りも防ぐ。

無量は黙々と、船材を覆っている土を掘って、ホースへとかきこむ。

今はそういう作業の最中だ。

発掘調査手順そのものは、陸上と変わりない。遺物がある場所にグリッドを設定して、掘り、見つけ、測量して記録をとる。

だが、難度は遥《はる》かに高い。

作業の前提は、潜水だ。まずはアクアラングで現場にたどり着く。スキューバダイビングのようなフィン（足ひれ）は基本的につけない。作業には邪魔だし、砂を巻き上げることもあるので、足下は地下足袋《じかたび》だ。浮かび上がらないようにして作業を行うのは、コツがいる。そのために、腰にはおもりをつけている。

潮の流れもあるので、体を一定の場所に固定しておくのが難しい。人の体は、息を吸うと浮かび、吐くと沈むようにできているので（肺が浮き袋の役目をするためだ）呼吸で姿勢を保つのだが、その匙《さじ》加減は経験で摑《つか》むしかない。

そうやって肉体の浮き沈みをコントロールしながら、目の前の作業を行う。

陸上と違って無意識に呼吸するのすら難しい。意識しすぎると作業に集中できなくなる。かといって気を抜くと、レギュレーターが口から外れてしまうことさえある。

そうやって自らの体と対話をしながらの作業だ。

長時間はできない。この現場での、一回の作業は約四十五分。水深が深くなるほど作業時間も短くなる。タンクに入っている空気は、水圧が高くなるほど減るのが早いためだ。

そのため、あらかじめ「エグジット時間」（海からあがる時間）を決めておく。

また潜水者の安全を図るために、浮上する時も一気にあがることはできない。水深五メートルで安全停止を三分行うなどの措置が必要になる。これを怠ると、中耳腔《ちゅうじくう》がリバースロックという状態になり、ひどい頭痛に襲われたりもする。ダイバーにとって一番危険なのは「減圧症」だ。深いところから急浮上すると、体内に溶け込んでいた窒素が血中で泡になり、血管をふさいだりして様々な症状を引き起こす。重篤な場合は後遺症が出たり、最悪、命にも関わる。これを防ぐためにはゆっくりした浮上を心がけなければならない。それが減圧の基本だ。「小さい泡を追い越さないスピードで」とよく言われているが、これらは、腕にはめたダイコンが常にチェックしていて警告してくれる。

こんなふうに、陸上とちがい、作業以外のことに頭と体をたくさん使わなければいけないので、負担も大きいわけだ。

無量たちは一時間半ほどで、午前の潜水作業を終了した。

「ふう……」

船にあがる時は、二十キロの装備が二倍ぐらいに感じる。

へとへとになって、はしごをあがってくると、

「お疲れさん」

出迎えてくれたのは、松浦市職員の内海正史《うちうみまさし》だ。市の教育委員会で、鷹島海底遺跡の調査を担当している。やや面長のよく日焼けした顔は表情豊かで、アクアラングで鍛えた長身の体はスポーツ選手のようだ。「潜れる公務員」がキャッチフレーズでもある。

「時間ぎりぎりだったなあ。若いからって無茶すんなよ」

「広大の奴がもう少しもう少しって、ごねるんすよ。ダイコン鳴ってるのに浮上しよう

とするし。すぐ煙立てるし」

「足にフィンつけてないと、あがってくるのも一苦労だろう？」

「ガイドロープがないと、きついっすね」

「どうだい。手応《てごた》えは」

「シルト（粘土）層がめんどいすね。第3層から出てきた鍾乳石《しょうにゅうせき》みたいな塊、鉄製品だと思うんで、潜ったら確認してもらえますか。錆《さび》ぶくれがひどいんすけど」

「オッケー。見てきてから午後の指示を出すよ」

内海は待ち構えていたようで、すでにウェットスーツにタンクを背負っている。入れ違うように海へ入っていった。

広大があがってくるなり、わめいた。

「ああ、腹減ったわー。メシメシー」

ウェットスーツの上半身だけを脱いだところで、潜水班長の司波が呆《あき》れた。

「おまえは、二言目にはメシメシだなあ」

「しゃーないでしょ。潜水は腹減るんすから」

確かに、海での水中調査は、湖などの数倍体力を使う。潮の流れがあるせいだ。そもそも水中に何時間もいるのは、肉体にとっては異常事態なのである。

内海の帰還を待って船は母港・殿ノ浦港に戻る。戻ったところで昼食だ。

無量と広大は、大きなおにぎり三個をぺろりと平らげた。それでも足りないと、人の唐揚げに手を出す始末だ。腹がふくれると、ふたりは波止場で大の字に転がった。

「あー……。きっつ」

太陽がまぶしい。

へとへとの体で仰向《あおむ》けになり、日差しを浴びていると、子供の頃を思い出す。夏休みのプールだ。くたびれるまで泳ぎ続け、プールサイドに寝転がった、あのときの疲労感だ。全身が床に張り付くようだ。

「だらしないぞ、無量。こんくらいで音ぇあげとんのか。陸の楽なとこばっか掘っとるせいや」

「あのな。ツルハシで大阪のシルト、ドカ掘りするほうが、よっぽどきついぞ」

どちらも負けず嫌いなのだ。

年齢も近いので、つい張り合ってしまう。

そんなふたりには目もくれず、午後一番の潜水チームが支度を始めている。大の字になったふたりの横で、司波はレギュレーターを調整している。手際のよさはさすがプロだ。広大は、惚《ほ》れ惚《ぼ》れと眺めていた。

「司波さん、かっこええなあ」

正統派の男前だ。見た目もちょっとした二枚目俳優だ。

「あのひとのダイビングスキル、ほんま、すごいんやで」

「みてりゃわかる。アメリカ留学してたんだっけ」

「せや。水中考古学をまともに学べるところは昔は日本にはなかってん。俺が沈船発掘始めたきっかけは、司波さんや。男前やし、くそがつくほどまじめで融通きかへんとこもあるけど、俺、ほんま尊敬しとんねんで」

その語り口に無量も驚いた。

出会った頃の広大は、やんちゃざかりで、ちょっとした問題児でもあった。無口で内向的な無量は、自分とは真逆の広大が苦手で、なるだけ関わり合いにはなるまいと、故意に避けていたが、余り物同士、バディを組まねばならなくなり、渋々応じたのが最初だった。

お互い、やることなすこと気に入らず、相性は最悪だったが、深海で命を預け合ううちに、徐々に信頼が芽生えてきた。

あえて口にするのもこっ恥ずかしいので、お互い素っ気なくはしているが……。

「おまえから尊敬なんて言葉が出ると、鳥肌立つ」

「うっせー無量。えらっそうに……って痛っ！　蹴《け》んなコラ！」

「俺は──……黒木《くろき》さんかなー」

司波とバディを組むダイバーだ。黒木仁《じん》という。

三十代後半でダイバー歴二十年のベテランだ。広大と同じく、司波が連れてきた男だが、彼もまた、海外で活躍する水中発掘師だった。

「ああ……まあ、黒木さんも有名っちゃ有名やな」

「よく知ってるのか？」

「一緒の現場はこれが初めてやねんけど、噂はよう聞くで」

「有名人？」

「ほんまもんのトレジャーハンターや」

米国の財団が持つ「財宝目当ての沈船発掘チーム」で、長年ダイバーを務めているという。

トレジャーハンティングはその名の通り、古い沈没船が積んでいた高価な物品を手に入れることを目的に、潜水発掘や船体引き揚げを行う。様々な記録から、財宝を積んでいたと思われる古い船の沈没場所を探り出し、手に入れようというものだ。

考古学のための発掘とは目的が異なるため、しばしば、両者は対立する。

貴重な遺物を売買目的で勝手に引き揚げてしまうのだから、考古学者からすれば、盗掘に等しい。

そんなトレジャーハンターに大切な遺物を持って行かれるのを防ぐために、欧米や中国などでは国をあげて水中発掘や水中遺跡保護に取り組んでいると言うが、その点、日本は見事に立ち後れている。

「……てかまあ、日本はこないに海に囲まれててもトレジャーハンターに狙われること自体なかったいうし、保護するきっかけもなかったんやろな」

「悪評高いトレジャーハンター、か。けど、司波さんはなんで、そんな〝うさんくさい〝トレジャーハンターを連れてきたりしたわけ？」

「……実は俺にも、よう、わからへんねん」

広大は首をひねった。

「しかもあの黒木ってひと、あんま、ええ噂、きかへんのに……」

「噂？」

広大は言葉を濁し、背を向けて寝転がってしまう。

そんなふたりのもとへ、状況確認のため最後に潜っていた市職員の内海がやってきた。

「西原くんが見つけたとげとげのやつ、やっぱり、錆ぶくれした矢束みたいだ」

「矢束……」

「鍾乳石みたいな形だったろ。あれは鏃《やじり》だ。錆が溶着しちゃってるから、すぐにはなんだかわかんないだろうけど」

「蒙古軍のですかね」

「ああ、その近くにあった珊瑚《さんご》みたいなやつはたぶん、剣だろう」

「ほんとっすか」

「遺物の量も多いし、こりゃ面白くなってきた。午後はさっきのとこ広げていこう」

内海はうきうきして去っていった。それを見て広大が、

「あーあ。内海さんがにこにこしてはるわー。危険やわー」

「にこにこしてるのに、なんで危険？」

「あのひと、水の中入ると急にスパルタになんねん。機嫌がいいほどスパルタになんねん」

前に一度、事前探索のバディを組んだことがある広大は密《ひそ》かに「水中発掘の鬼」と恐れている。

「土を掘りにいくのに水をぐんぐんなきゃなんないって、考えてみると不思議だな……」

宝物発掘師《トレジャー・ディガー》の異名をもつ無量も、この現場は勝手がちがう。いちいち新鮮で、刺激だらけだ。

その隣で、広大は大の字になってもう寝息を立てている。大物なのか、呑気《のんき》なだけなのか。無量は顔が焼けないよう、タオルをかけてやった。

真っ青な夏の空が広がっている。午後の出航時間が近づいてきた。

＊

無量たちが宿泊しているのは、鷹島にある民宿だった。

調査船の母港にあたる殿ノ浦港からほど近い、高台にある民宿は、建て構えは古いが、こぎれいで、家庭的な雰囲気はまるで田舎の親戚《しんせき》の家にでも来たような気分になる。

発掘チームのメンバーは全員、男なので、ちょっとした体育会系の合宿だ。作業が終われば食堂に集まり、毎日のように呑《の》み会になる。明日《あした》もハードな作業があるというのに、大盛り上がりだ。

　ダイバーチームは、八名。

リーダーの司波。ベテラン灰島浩司《はいじまこうじ》、緑川靖彦《みどりかわやすひこ》、白田守《しろたまもる》、赤崎龍馬《あかざきりょうま》、フリーダイバーの黒木仁、東尾広大、……そして西原無量だ。

　これに、西海大の丸尾と松浦市職員の内海学芸員らが加わる。

　発掘業界は体育会系気質《かたぎ》が多いから、酒豪は珍しくないが、玄界灘の海の幸が旨《うま》いせいもあるのだろう。毎晩、ビールがすすむ。

「だから、時間配分の問題なんだよ。こんだけ原形が保たれてるんだからさ。船体の引き揚げも想定に入れてさ」

「しかし十分遺物も出てるのに、おざなりにできんだろう」

「時間も資材も限られてるんだよ。元寇船の構造はまだろくに解明できてないんだから、船体発掘に重点置いたほうが」

「方針の問題だろ、そこは」

「だからな、そいつはなあ」

　愚痴だの議論だのが、とめどない。

　そして、性格が出る。

　チームリーダーの司波は、飲んでも裏表がない。快活で、おまけに笑い上戸だ。

　最年長の灰島は、司波の右腕的存在だ。プロダイバーとして海洋調査にも携わっている。いぶし銀の職人気質な男だ。

緑川は、絵に描いたような豪快体育会系だ。昔はやんちゃなヤンキーだったらしく武勇伝も多いが、実直で男気がある。大学では船舶史、特に「碇石《いかりいし》」（木と石を組み合わせた「木石碇」のうち、アンカーストックにあたる部分に使われる石）を専門としている。

中堅の白田は、オタク気質の研究人ダイバーだ。良く言えばマイペースで、多少偏屈な物言いをする。武具研究が専門で、大陸の出土武器についての知識も広い。

赤崎はひょうきんな男で、いつも冗談ばかり言っては「ふざけすぎだ」と緑川に怒られている。貿易陶磁器の専門家でもあり、韓国で見つかった新安沈船《しんあんちんせん》の発掘にも参加したことがあるという。

皆、揃ってエネルギッシュで、無量は、ただただ末席で気圧《けお》されているばかりだ。

いま、日本で潜水ができる発掘関係の専門職員は、ほんの十数名ほどしかいない。陸上の発掘が年間八千件もあるのに比べ、水中発掘はほんの一、二件という少なさだ。水中でのほとんどの作業はプロの潜水士が行い、研究者はあがってきたものを見るだけ……というケースも多い中、この現場は精鋭揃いと言える。

無量は完全にアウェイなのだが、畑違いは良い面もあって「西原瑛一朗《えいいちろう》の孫」と偏見の目で見られないのはありがたい。

バディの広大は、相手が年上でもかまわず絡んでいく。チームのムードメーカーだ。

人見知りをしないので現場に溶け込むのも早い。昔からそうだった。

だから、嫌いだった。

「な、無量！　おまえもそう思うよな」

——うっせーよ。

と以前なら、出ていくところだ。

典型的な巻きこみ屋だ。八方美人でお調子者で、一番苦手なタイプだ。ひとのことは放っておいてくれ、と言いたくなる。交友関係も広く、友達もたくさんいる。自分のような引きこもりとは真逆なのだ。

昔の無量なら、そもそもこんな飲み会には出なかった。人の輪を避けて独りで過ごした。苦痛だったからだ。適度に関わるということも知らなかったから、しばしば孤立した。だが、発掘はチームワークの世界だ。人と関わることから逃げて現場で孤立すれば、居づらさに心が負けてしまう。いくら期間の限られた現場だとは言え、徐々に打ち解けていく周りから取り残されるのは、いくら強がっても、みじめな気分になる。

孤独を愛するのと、居所がないのでは、微妙に意味あいも異なる。

——別に皆と仲良しになる必要はない。チームに溶け込もうなんて考えなくていい。

——でも最低限、挨拶《あいさつ》はしとけ。ちゃんと目を見てな。

——あとは、誰かひとり。ひとりでいいから、声をかけやすいやつを見つけろ。自分とは肌の合わない集団でも、ひとりぐらいはいるもんだ。そいつとつながっておけば、皆ともつながれる。

――なに。出遅れたっていいのさ。少しずつ慣れる。慣れれば、余裕も出る。

――当面は俺のそばにいりゃいい。場慣れするまで。

そう言ってくれたのはカメケンの大先輩・柳生篤志《やぎゅうあつし》だった。

生来、内向きな上、幼い時分に祖父から右手を焼かれたトラウマで、ひどい対人恐怖に陥っていた無量だ。心を閉ざしきっていた無量を少しずつ、人の輪の中に入れるよう、訓練させてくれた。

発掘チームは現場ごとに顔ぶれも変わる。期間限定のチームであることは、気が楽ではあったが、その中で孤立せずにいられる方法を、柳生は学ばせようとしていたのだろう。

結局、自分が他人を拒絶するのは、現場ではただの甘えであり、身勝手なのだ。その分、周りに要らない気を遣わせてしまう。そうさせている自分に気づいた時、お荷物になっている自分が恥ずかしくなった。自分には発掘しかない。人間づきあいも、発掘で生きていくためのスキルだ。甘えを捨て、少しずつ自分なりの居方《いかた》も模索するようになった。

現場では不遜《ふそん》に見える無量だが、心中は、これが精一杯なだけだ。別に自信家なわけでもない。そう見えたとしても。

広大と出会ったのは、無量がまだまだ殻に閉じこもっていた頃だった。

自分と真逆の広大は、今でも苦手だ。

すぐに誰とでも、息をするように親しくなれる広大を、うらやましく思う。人と打ち解けられずに悩んだことなどないのだろう。

だが、そんな広大が、なぜか孤立する場面がある。

誰とでも仲がいいくせに、いざとなると、バディになる相手がいない。確かに彼は我が強く、反抗心も強く、扱いづらそうにしている大人も多かった。

——余り物組。

ダイビングスクールで、無量と広大はそう揶揄《やゆ》された。

けれど、ふたりが組むと、なぜか成績はダントツだった。

奇妙な縁だ、と無量は思う。一緒にいる相手なら、忍とのほうがずっと落ち着くし、親しめるし、いっそ自分の体の一部みたいに感じられる。

けれど、海の中では、誰より息が合う相手は、広大なのだ。

「……ヤなやつ……」

今もそう思う。

これもコンプレックスの裏返しか。でも広大が同じ現場に入ると知って、ほっとしたのも事実だ。極度の人見知りなので、知り合いがいるのが心強いだけかもしれないが、それだけが理由ではない。

相棒がいる安心感だろう。

日付が変わる前にはきれいにお開きになる。潜水前の深酒は厳禁だ。わきまえているので量も控えめを守っている。そのあたりは皆、大人なのだが、こうして気の済むまでしゃべり倒すのも神経を使う水中発掘後のストレス発散なのだろう。

夜も更けた。

皆が寝静まっても、無量はなかなか寝付けなかった。

炎天下の熱気が、まだ体の奥にこもっているようで、エアコンで部屋を冷やしても解消しない。仕方なく起きだし、風にあたろうと、テラスに出た。

明かりが少ない島は、夜空に星が多い。

対岸にある松浦の街明かりが、ぽつぽつと見えるばかりだ。

眼下の入江周辺が、海底遺跡のある海域だった。今は墨で塗りつぶしたように、闇に沈んでいる。

遠く潮騒《しおさい》が聞こえる。

手すりにもたれて、黒く横たわる夜の海を眺めながら、手の中にある御守を見た。

忍の父親が残した緑色琥珀《こはく》と、萌絵がくれた宝当《ほうとう》神社の御守だ。

「……遺物必当、か」

夜風に吹かれていると、テラスの奥から歌声のようなものが聞こえてきた。誰だ？

と思って近づいていくと、手すりにもたれて海を眺めている男がいる。

〝からへいけからへいけとはもうせども
かいなきふねは　みなそこの
むくりこくりが　くるぞとて
おわれるおにの　そでぬらし
がっぽのうらを　ゆめにみん〟

缶ビールを片手に夜の海を眺めて、どこか哀調を帯びた民謡とも童謡とも知れないものを口ずさんでいる。背中を丸め、風に吹かれている姿は孤独な船乗りのようだ。その感傷的な佇《たたず》まいに、無量は目を奪われた。ふと無量の気配に気づいたか、歌が止んだ。

「眠れないのか？」

黒木仁だった。

呑《の》みの席にはいたが、口数少なく、いつも端っこで、皆の喧々囂々《けんけんごうごう》に黙ってうなずきながら肴《さかな》をつついている。そんな男だった。ふたりきりで話すのは、これが初めてだ。

無量はちょっと緊張した。

「お……お疲れっす。体くたくたなのに、頭ばっか冴《さ》えちゃって……」

「はは。同類だな」

癖のある黒髪に日焼けした肌。眼光の鋭さは荒海を相手にする漁師を思わせる。黒いVネックTシャツから剝《む》きだした二の腕は、筋肉で盛り上がっており、肩幅も胸板も十分備えていて、プロのダイバーだけある。本物のトレジャーハンターだ、という広大の言葉が納得できた。

「……潜水中はそうでもないのに陸《おか》にあがると変に興奮してきて、夜になると目が冴える。そんな時は潮騒を聞くんだ。気が鎮まれば、眠りにつける」

無量は目を丸くした。

自分と同じだったからだ。

「西原って言ったか。あの騒々しい金髪頭とちがって、おまえさんは、おとなしいな」

無愛想だとか感じ悪いだとか、言われることはよくあったが、おとなしい、との評は初めてだった。

「だが、不遜だ。ひとのやり方をいつも冷静に値踏みしてる」

見抜かれて、どきり、とした。

が、すっとぼけた。

「なに言ってんすか。そんな余裕ないっすよ」

「ごまかすなよ。俺にはわかる」

「黒木さんは長いんすか？　ダイバー歴」

「もう二十年になるかな。おまえさんは？」

「五年くらいす」

「いまいくつ」

「三十三っす」

若いね、と黒木がにやりと笑った。が、軽くみられた感じはしなかった。

「水中発掘は？」

「これで三回目……っすかね」

「にしちゃ手際がいい。普段は陸で発掘してるって聞いたが、どうだ水中発掘は」

「こわいっすよ」

無量は即答した。

「暗いとこで延々と泥だか砂だか掻《か》いてると、いらないことまで考えちゃって……。あの音がよくないんすよね。ごおおって、海の音なんだか船の音なんだか……」

「わかる。俺もそうだった」

遠い目をする。

黒木の少し鷲鼻《わしばな》気味の横顔を、無量は吸い込まれるように見てしまった。

やや彫りの深い目鼻立ちで、目に黒い縁取りがあるような、そんな印象だ。どちらかといえば、東南アジアの顔に近いと思った。

「……頭の上で鳴り続ける低い大きな音からも、水圧からも、逃れることができない。何か起きても簡単には浮上もできない。海底での作業はまるで修行、いや苦行だな」

トレジャーハンターを職業としているというから、もっと軽薄な物言いをするかと思いきや――。無量は、意表をつかれた。

「やけに昔のことを思い出したり、ガキの頃すごした家を思い浮かべたり。深海みたいな、生と隔絶された場にいると、人は内に内に潜り込むようになっていくのかもな」

「黒木さんは」

無量は真顔で問いかけた。

「海に沈んだ財宝を引き揚げるためにこの仕事やってるんすよね。なんで今回の発掘に？」

「司波さんには恩義がある。声をかけられたら断れない」

「恩義……ですか」

「昔、一緒に潜ってた時レギュレーターから空気漏れする事故が起きた。パニック起こした俺を司波さんが助けてくれなきゃ、今の俺はない。頭があがらないのさ」

ニヒルに唇を片方だけ曲げて、笑う。笑い癖なのだろう。そのせいで不遜《ふそん》に見える。唇がいつも少し右につり上がっているのは、そのせいだった。

「ここは元寇船がたくさん沈んだ海だからな。浮かばれない魂が海底にはたくさん埋まってる。しっかり寝とけよ。海の底で、船霊に取り憑《つ》かれないように、な」

というと、黒木はノンアルコールの缶ビールを飲み干し、部屋に戻っていった。

人とは群れない、一匹狼。

そんな印象だ。

──同類だな。

自分よりも遥《はる》かに現場経験も人生経験も豊富な男にはちがいないが、協調性が求められる現場にありながら、人の輪には率先して入っていこうとしない、人との距離の取り方に、無量は自分と似たものを感じた。けれど、自分よりずっと自然だ。ひとりの世界を持ちながら、孤立するでもなく、和を乱すでもなく、自然にチームの中に居場所をもてる。

あんな居方もできるんだな、と無量は思った。

人との距離感をはかるのに四苦八苦して、その挙げ句、ひととの関わりを諦《あきら》めてしまう自分とは大違いだ。

「トレジャーハンター……か」

無量にしては珍しく、黒木が持つ成熟した大人の余裕のようなものに、ほのかな憧《あこが》れを抱いた。

＊

翌日も、朝から強い日差しが降り注いだ。

船上作業は、何も遮るものがない海の上で行われる。午前中から気温は三十度を軽く越え、手元の温度計は三十五度を差している。

「うおおお！　今日はいよいよ碇石《いかりいし》を引き揚げるぞー！」

豪快な緑川は、朝からテンションが高い。船の近くで新しい「碇石」が見つかって、乗りに乗っている。すると、ひょろりとした白田が猫背気味にやってきて、ぼそり、と、

「ほんとに碇石マニアなんだから」

「おい、碇石はロマンだぞ。よそから来た船のおみやげなんだぞ」

碇石とは、木製の碇についている重石《おもし》のことだ。停泊中に碇が海底を深く噛《か》むように、石の重さで沈んでいるが、用が済めば、石だけ捨てていくこともある。

元寇船の碇石は、博多のほうでもいくつか見つかっていて、櫛田《くしだ》神社の境内に飾られていたりもする。

「いいか、鷹島で出る碇石の原産地はなあ！」

「低血圧なんです。朝ぐらい静かに始めてくださいよ」

「おーい、シャカさん。昨日測った左舷《さげん》の外板材だけど」

隣では、赤崎がオペレーターと冗談を言いながら、準備運動に余念がない。

無量と広大コンビは、今日は四番手だ。それまでは船上作業にいそしむ。潜水していない時も、仕事はたくさんある。ドレッジのポンプ操作や水中電話ケーブルの管理、接近する他船の見張りや空になったタンクの補充などだ。

太陽が照りつける船上での作業は、じりじりと炙《あぶ》られる焼き魚の気分だ。こんな日は

潜水作業をしているほうがマシだ、と広大がぼやいた。

「人間の体って不便やなあ。一日中ずっと潜ってられたらいいのに」

「無茶いうな。魚じゃあるまいし」

「んなもん、わかっとるわ。ほんま、かわいげないやっちゃなー。たまには女房役らしく、素直に『そうですね』とか言ってみたら、どうや」

「はいはい。まったく世話の焼ける旦那《だんな》だな」

「俺がいつ世話焼かした」

「ハワイの四十メートルで窒素酔いして、レギュレーター外してゲラゲラ笑い始めたの、助けてやったのは誰でしたっけね」

「それを言うなら、最初の試験の時、上下見失ってパニック起こして騒いでたのをフォローしてやったのは、俺なんですけど」

相変わらず不毛なマウンティングをしながら、空になったタンクに空気を補充していると、船尾のほうから内海がやってきた。

「……なあ、広大、無量。さっき予備タンクに補充してなかったか？」

「予備タンク？　いえ。してませんよ」

「っかしいなあ」

内海は備品リストを何度も見ては、何かを数えるような仕草をした。

「いや、確かにもう一本積んできたはずなんだけど、どうしても見当たらないんだ」

無量は広大と顔を見合わせた。タンクはダイバーの数を考慮しつつ、いつも決まった数を船に積むのだが、どこを探しても一本足りないという。

「もしかして幽霊ダイバーでもおるんちゃいますか」

広大は冗談めかしたつもりだったが、内海は笑わない。どころか真顔で固まってしまった。

「……まいったな。でたか」

「でたかって……。どういう意味っすか？」

「いや。このあたり、いるんだよ」

「いるって、何が」

「幽霊」

今度は、無量と広大が固まる番だった。

「え……。と」

「ちょっと、何言ってるんすか」

「いや、いるんだよ。鷹島の海には」

弱ったなあ、と内海は頭をかいた。

「元寇船の霊が時々、現れて船のものにいたずらをするんだ。のせたはずの道具がなくなったり、のせた覚えのないものがあったり……。漁師の間では、昔から元寇霊のしわざだって言われていてね」

「待ってください。まさかタンクがなくなったのも」

「やられたかなー……」

無量と広大はぞーっとしてしまった。笑えない。

内海は陽光輝く海を見渡した。

「まあ、言い伝えじゃ四千隻の船が沈んだっていうからな。想像してみるといい。この海に四千隻もの船がぎっしりひしめいていたんだぞ」

風光明媚《めいび》な伊万里湾は、夏の日差しに輝いている。そもそも四千隻という数も想像しがたいが、それが台風に遭って、ことごとく沈んだというのも、恐るべし、だ。

「この鷹島の周りで元軍の船が沈んだのは、弘安の役――二度目の元寇だな」

一度目は、それより六年ほど前だった。文永の役と呼ばれている。その時は、総兵力四万人。攻撃の矛先はまず対馬へ、次に壱岐を蹂躙《じゅうりん》した後、この松浦地方にも上陸した。

「対馬と……壱岐」

「日本と朝鮮半島の間に浮かぶ、大きな島だ。どちらも、昔から大陸との行き来がさかんだった。順々に落としていったんだな」

「そんで、九州に？」

「ああ。ここは壱岐から近い。鷹島とその周辺には、松浦《まつら》党と呼ばれる武士団がいてね。元軍を迎え撃ったんだが、数百人が討ち死にし、男は殺されたり生け捕りにされたり、女は集められて手に穴開けられて縄で繋《つな》がれたり」

「むごいっすね……」

「そうして、このあたりを踏み散らかした後、元軍は博多湾にまで押し寄せた。上陸してきたところを、九州の御家人・少弐景資《しょうにかげすけ》らが率いる鎌倉幕府軍が迎え撃ったんだが、元軍の兵士はこれを使って」

と内海が指さしたのは、先程引き揚げたばかりの遺物だ。

錆《さび》にまみれた、丸い陶器製のかたまりだ。『てつはう（鉄砲）』という。

火薬がしこんであり炸裂《さくれつ》させて、内部に詰められている無数の鉄片で人を殺傷するという蒙古軍の武器だ。

「他にも、毒矢とか、日本にはない武器を使って幕府軍を押しまくったと」

博多を制圧した元軍だったが、しかし幕府軍を追撃はしなかった。どころか、まもなく撤退していった。

「優勢だったのに、なんで帰っちゃったんですか」

「内輪もめしたとも武器が尽きたとも、神風で沈んだとも……」

「でた。神風」

「まあ、神風は関係なかったともいうがね」

と後ろから、別の声があがった。西海大の赤崎だった。一重の細い目が、大陸から来た仏像に似ているので「シャカさん」と呼ばれている。

「そもそも、なんで元《げん》はいきなり日本に攻めてきたんです」

「一回目の元寇の頃は、宋《そう》と戦争している真っ最中だった。その宋と仲良くしてたのが日本だったんだ。それに、日本には、こいつの原料」

と赤崎はまたコンテナボックスにある丸い塊を指さして、

「火薬の原料である硫黄《いおう》が豊富にあった。特に九州は火山が多いからな」

「宋は当時、最新技術を持ってたんだ。日本から硫黄を輸入して、火薬を作ってたんだな」

と内海も一緒になって、無量たちにレクチャーする。

「日本を攻めて手に入れ、硫黄を独占し、宋を孤立させる。そのための遠征だったかもしれない」

その宋も、第一次遠征の後に、滅ぼされている。

しかし、その後も日本は元からの服属要請に応じるどころか、あろうことか使者を斬り捨てて敵対関係を表明している。そんなこともあって再び日本征服をもくろんだわけだ。

「元軍の当初の目標は、大宰府攻略だったらしい。そこに拠点を築き、高麗（朝鮮半島）を手に入れたのと同じ方法で日本も手に入れようとしたんだろうな」

というのも、元は、高麗の国内対立を利用して取り込みに成功している。日本も、幕府と朝廷が反目しあっていたから、そこにつけこみ、国内に内部分裂を引き起こして、日本を属国とするつもりだったともいう。

「だが、攻めてはみたものの、あちらはあちらで、蒙古人に漢人に高麗人を混ぜ合わせた軍勢だったから、色々うまくいってなかったとか」

「つまりバラバラだったと」

「蒙古軍はそもそも騎馬軍団がメインだったし、船で海を越えての遠征は経験が乏しいし、勝手がちがったんだろうなあ」

元軍が再び、日本にやってきたのは、約六年後。弘安四年（一二八一年）。

初回を上回る十万を超える大軍だった。

だが、鎌倉幕府も無策ではなかった。次の襲来に備えて、博多湾に防塁を築くなどして迎撃態勢を調えていた。

「そして、なんやかんやあって鷹島に集結した元軍を、台風が襲ったってわけですか」

「こっちの神風は本気のやつだったようだ。当時の船の復元力で計算してみたところ、伊勢《いせ》湾台風級だそうだ。たくさんの船が破壊され、沈んだ。どうにか生き残っていた兵士たちも、幕府軍の掃討作戦で壊滅した。十万人以上いた元軍も、生きて帰れた者は、ほんの一万数千人だったそうだ」

「十人に一人……」

「すさまじいっすね……」

「死んだ者、生け捕りにされた者……。まあ、凄惨《せいさん》な地獄だったんだろうなあ」

遠い過去の出来事とは言え、今はこの穏やかな海に、どれだけの恐怖と苦悶《くもん》が溢《あふ》れたかと思うと、美しい波の輝きさえも陰鬱《いんうつ》に見えてくる。

海上から見る光景からは、想像もつかないが、海の底には確かに、そのとき沈んだ船が横たわり、眠っている。

無量たち水中発掘者は、その目で見、その手で触れることができるのだ。

船と共に沈んだ人たちの死を思いながら。

――海の底で、船霊に取り憑《つ》かれないように。

黒木の言葉が耳の奥に甦《よみがえ》った。

「………。発掘ってやつは、死んだ人間の心に触れることなんすかね……」

無量の呟《つぶや》きは、だが、機械音に遮られて誰の耳にも届かなかったが。

そこにやってきたのは、司波だった。ウェットスーツを半分脱いで、機材を片付けにきたところだった。

「あれ？　おまえなんでここにいるんだ。無量」

「え？　なんでって……ずっとここで作業してましたよ」

「さっき休憩室で寝てたから、具合でも悪いのかと思ったんだが……」

「休憩室？　行ってないっすよ」

「いやいや、おまえだろ。あれ」

「行ってませんたら」

広大と内海は顔を見合わせて、真っ青になってしまった。

「出た。幽霊だ」

「司波さん、それ幽霊っす。やっぱり元寇霊がこの船におるんや。うわあああ」

オカルト嫌いな広大は震え上がり、無量にしがみついてしまう。司波はあしらい、

「幽霊だって？　馬鹿言うな」

「いや、実際積んだはずのタンクがなくなっているんですよ。ちゃんと積む時にこの目でチェックしたのに」

はあ？　と司波が目を剝《む》くと、広大は合掌して念仏を唱え始めた。

「あかん、元寇の怨霊《おんりょう》や。成仏してくれ。ナマンダブ、ナマンダブ」

「おい、広大……」

呆《あき》れている司波のもとに、潜水中の黒木から声が届いた。

『陶磁器、大量に出てきたよ。ピンポール追加できる？』

ふたりはそのまま、やりとりを始めてしまった。広大はこわごわとあたりを見回している。

「内海さん、お祓《はら》いしましょ。お祓い。やばいすよ、この調査船」

「大袈裟《おおげさ》な」

「なんでそないに冷静なんや。無量」

「幽霊なんて、あほらし。ガキじゃないんだから、そんなん信じるなよ」

無量は相手にせず潜水機材のセッティングを始めてしまう。

その日の作業は何事もなく終わったが、消えたタンクはとうとう出てこなかった。
だが――奇妙な現象はその後も続いたのだ。

＊

翌朝――。

朝食を食べている最中に突然、司波から言われ、無量は目を丸くした。

「広大のやつ、腹の調子が悪いらしい。念のため、午前中は休ませる。代わりに黒木と組んでくれ。いいよな？」

「えっ。黒木さんと潜るんすか……」

「まさかあいつ、幽霊話にびびって仮病つかってんじゃ……」

「ははは。寝てる時に腹だして冷やしたんだろ」

水中発掘は体調も万全でなければならない。体調不良が事故に繋《つな》がることもある。万全を期して、広大を宿に残し、調査船は海底遺跡のある海域に向けて出航した。

黒木と組むのは、初めてだ。

同世代の広大は、なんだかんだと気心が知れていて、相手のやり方も熟知しているが、ベテランダイバー黒木と潜るのは、さしもの無量も少し緊張する。

「よろしくな」

口数は少なく、無駄がない。眼光鋭い目にマスクをつけ、海に入る。

さすがだ、と無量は思った。水中での作業も、とにかく正確で早い。遺物を見分ける目も優れていて、作業が進むにつれて海中の砂や泥で視界が悪くなってきても、滞ることがない。

無量も数々の現場で、ベテラン発掘師の腕に学んできたが、水中発掘師の中でもおそらくプロ中のプロにあたる男だろう。

お宝だけを探して沈没船を荒らすトレジャーハンターだというが、発掘の腕もいい。アドバイスも的確で、無量は新人時代に戻ったような気持ちで、気がつけば、黒木から学び取っている。水中での姿勢制御も軽々やってのける黒木は、まるで人魚のようだ。

海底には掘り出された船材が横たわる。

ぼろぼろのごつい木材が折り重なる様は、当時の様子を鮮やかに思い起こさせる。

『竜骨（キール）がくっきり残ってる。こいつは隔壁板だ。竜骨と隔壁を持つ大型船は、外洋船だ。大きさからみても、こいつは元軍の戦艦だな』

水中電話を通して、落ち着き払った声が聞こえてくる。

引き揚げられた遺物の年代からも、元寇の沈船であるとみて間違いない。

『しかし、釘《くぎ》があちこちに打ってある。かなりのおんぼろ船だ』

『釘の数が多すぎっすね。……あ、見てください、黒木さん。ここ』

無量が木材の一部を指さした。

『これ、この丸い錆《さび》ぶくれ。なんすかね。これも釘ですかね』

『おっ。こいつは銅銭だ。保寿孔《ほじゅこう》じゃないか』

ほじゅこう？　と問うと、黒木は指先で木材を差し、

『竜骨とのつなぎ目にある七つの孔《あな》だ。北斗七星を表してて、そこに銭を埋める。航海の安全を願って。宋代の交易船なんかに見られるやつだ。……江南《こうなん》軍の船かもな』

『そうなんすか』

『古い商船を軍船に作り替えたのかもしれん。釘が多いのも、軍船に転用するために作り替えたんだろう。いい発見だ、無量。こいつは面白いぞ』

さすがトレジャーハンターと呼ばれるだけある。黒木は世界の沈船に詳しい。

『江南軍っていうのは、南宋からきたほうの軍隊すよね』

弘安の役で、元軍は、二手から攻めてきた。

ひとつが、東路《とうろ》軍。――蒙古と高麗（朝鮮半島）を中心とする軍だ。

もうひとつが、江南軍。――旧南宋軍（中国の南東部、江南地方）だ。

高麗も南宋も、元に屈した国だった。南宋は第一次元寇（文永の役）の後、元に攻められて滅亡したが、日本とは元々、友好関係にあった。

東路軍は、朝鮮半島の合浦《がっぽ》から。

旧南宋の江南軍は、揚子江《ようすこう》河口付近から。

それぞれ出航して壱岐で合流後、日本に攻め込む段取りだったようだ。

『日本も、高麗や南宋と同じ運命をたどっていたとしても、おかしくなかったわけだな』

海底に横たわる元寇船の残骸《ざんがい》を見つめて、黒木はしみじみと言った。

『……それにしても、シルト（粘土）の戻りが早いっすね』

『ああ、思っていた以上に潮の流れがきついな』

水中では、海底を掘り下げると、掘り下げたところから、壁面部分がみるみる崩れていってしまう。陸上の土ならば、きれいな垂直の壁となったまま保持できるが、水中ではシルトや砂が崩れてしまい、なかなか状態を維持できない。

せっかく掘った海底も、しばらくすると、崩れた土砂でまた埋まってしまう。出土した遺物類は、海流もあって同じ場所に留《とど》まるとは限らないので、いち早く取り上げなければならない。

『ますます濁度があがりそうだ。満潮時間になると、無減圧潜水時間も三十分しかなくなる。ここからは手際よくやるぞ』

『うっす。……ん？』

『どうした。無量』

無量はあさってのほうを見つめて、じっとしている。

『どうした。何かあったか？』

『あ、なんか、いま……』

少し離れたところに、ダイバーの影のようなものが見えたのだ。

しかし、いま潜っているのは、自分と黒木だけのはずだ。

『巨大鮫《ざめ》でもいたんじゃないか？』

『そっちのが怖いっすよ』

『だな。急ぐぞ』

黒木のペースにくらいついていく。

時間感覚を忘れそうになるのは、それだけ集中できている証拠でもある。

鋼管パイプで区切られた四角い調査枠の内側は、スチール線が碁盤目のように張られている。遺物が出た場所にはピンポールを挿し、ラベリングをする。そのあたりは、陸上の発掘と変わらない。

記録をとり、撮影を終えると、いよいよ遺物の引き揚げだ。船内の堆積《たいせき》物から見つかった品々は、元寇船が載せていたものだった。

一昨日、無量が発見した矢束らしき塊と、貴重な完形（割れや欠けのない完全な姿）の陶磁器が次々と船上にあげられた。

メンバーたちは沸きに沸いた。

「大漁だな！　こりゃ整理大変だぞ」

「ほう、こりゃいい白磁碗《わん》だなあ」

「ほぼ完形じゃないですか」

船へとあがった無量は、タンクを降ろしながら、思わず黒木に言ってしまった。

「あんなスピード、他じゃ見たことないです」

「まあ、長年こいつでメシくってる身だからな」

と言って縮れ髪をかきあげる。濡《ぬ》れた前髪から滴る水が、ウェットスーツ越しに浮き出た胸筋へとつたっていく。

海底で「浮きも沈みもしない状態」を保つことを「中性浮力をとる」というが、黒木は完璧《かんぺき》だ。全てのダイバーの手本にしたくなるほどだ。時折、バランスを崩して海底の砂煙を巻き上げてしまう自分とは、大違いだ。

水中がメインフィールドの発掘師だ。ただのダイバーでもない。海底を「掘る」腕はまぎれもなく一流だ。だが、それだけに気になる。

——しかもあのひと、あんま、ええ噂、きかへんのに……。

広大の言葉が耳の端に引っかかっている。

よくない噂というのは、なんなのだろう。

人の噂など気には留めない無量だが、あの奥歯に物が挟まったような言い方だけ、ずっと気にはなっていたのだが。

＊

元寇船とおぼしき沈船からは、次々と遺物が発見された。陶磁器、獣骨、鉄製品とみられるものなど、多彩だ。しかし、元寇船が積んでいた遺物は、中国江南地方で作られた粗製品が多い。過去の調査でも判明している。今度の船も、やはり江南軍の船のようだ。

保寿孔らしき発見は、中でも、船舶史が専門の緑川を喜ばせた。無量と黒木が組んでから、全ての作業のペースがあがっている。

これには広大が拗《す》ねた。

「俺と組んどる時は船材しか見つけられへんかったくせに」

「いや、メインは船だし」

「手抜きや手抜き」

その広大は、丸一日潜れなかった。ようやく復帰したが、司波から船での作業を言い渡された。若輩ながらプロダイバーのプライドが傷ついたのか、広大は機嫌が悪い。

「ははは、妬《や》くな妬くな。無量をとられて拗ねてんのか」

「そんなん、ちゃいます」

「……ああ、まいったなあ」

といいながら、弱り顔でやってきたのは、機械オペレーターの神田《かんだ》だった。

「司波さん、ドレッジが故障しました。コンプレッサーをやられたようで、業者に連絡しましたが、今日はちょっと厳しそうです」

「なんだって。またか」

二度目の故障だった。

「どうもアクシデントが多いな。昨日も巻き上げ機がとまるし」

「げ……元寇の幽霊や……」

また広大が言い出した。

「ほんまお祓《はら》いしたほうがええんちゃいまっか」

「いい加減にしろ。広大。……しかし今日も作業がとまるのはきついな」

「目視いきますか。司波さん」

と黒木が言った。実は、数日前から海底の調査区を広げることを検討していた。潜水による事前探索（サーヴェイ）は前回調査で行われていたが、さらに成果を得られそうなところを探ることになった。

「え？　俺が潜るんすか」

その調査部隊に無量が抜擢《ばってき》された。他の者を差し置いて、なぜか、黒木が指名したのだ。メンバーの中では一番経験の浅い無量だ。

やっかみ含みの微妙な空気が流れたが、黒木を信頼している司波はその意見をあっさり採用した。

「これも若手育成の一貫だ。他の者は引き続き船の実測を。――無量、黒木、支度しろ」

無量は急いで潜水準備に取りかかった。発掘作業ではないので足首にフィンをつけ、骨伝導の水中トランシーバーを装着し、黒木と一緒に「エントリー（入水）」した。

すでに潜水調査に先立ってマルチファンビームを用いた音波探査で、大きな遺物が埋もれている場所は割り出されている。そこを潜水者が金属製の「突き棒」で突いて、遺物の位置を突き止め、それから試掘を行うのが、通常の流れだ。

事前探索は、基点を設けて、そこから一定方向に進みながら、海底の様子をさぐるスイム・ライン・サーチという方法を用いる。埋もれている遺物は肉眼では見えないが、自然地形との小さなちがいを見つけ出して、簡単な試掘を行う。

付着物がついている場合がほとんどなので、訓練をして、それを見分ける目を持たなければならない。

黒木は「スクエア・サーチ」という方法を得意としていた。

基点から、東西南北に四角を描くように、一定距離を保ちながら、探索する方法だ。

少人数でもできるのが利点だった。

潮の流れに逆らうようにフィンで水をかきながら、ゆっくりと進んでいく。水温は高めなので快適なくらいだ。呼吸をするたび泡がぶくぶくとのぼっていく。目の前をアジの群れが横切っていき、揺れる海草の陰からヒラメが現れる。

泳ぎをとめず、黒木と無量は、調査区の周囲を探索し始めた。

『このあたりだな』

音波探査で反応があったところだ。

黒木は「突き棒」で海底をつき始める。手応《てごた》えがあった。

『沈船っぽいな』

この海域では、海底面から五十センチほどまでは、近い時代に堆積したもので、大体、その下、五十センチから一メートルほどのところに埋まっている。

『どうした、無量。何か気になるものでもあるのか？』

先ほどから、グローブをはめた右手をしきりにさすっている。

『ダイコンに異常でも？』

手首に装着したダイブコンピューターを気にしているのかと思ったらしい。そうではない。右手の違和感を押さえながら、海底の一方向を見ている。

『……あ、いや。あそこの先にある岩陰、ちょっと気になるんすけど』

しきりに呼ばれているような感覚がする——とは、無量は言わなかった。

グローブの下の右手が騒ぐのだ、とも言わなかった。さすがに言えなかった。

『ちょっとだけ、行ってみていいすか』

鷹島沖は養殖が盛んだ。生け簀《いけす》に近かったため、船が近づけず、音波探査の範囲外だった。

黒木は、だが、経験則からその手の直感をないがしろにはしなかった。

『いいよ。行ってみよう』

フィンを使って下半身をひねるようにしながら、潮の流れに逆らって進んでいく。黒木も後からついてくる。

無量を「呼んでいる」隆起は、奇妙にそこだけ明るく見える。なんの作用なのかは、わからない。ぼんやり発光しているようだ、と思い、黒木に尋ねてみると、特にそうは見えないと言われてしまった。

『この隆起、ちょっと不自然じゃないすか』

『岩ではなさそうだが、なにか見えるか』

もちろん土砂に埋もれている遺物は見えない。だが、「何かある感じ」に見えるのか、と黒木は問いかけたのだ。無量はうなずいた。

『突いてみよう』

ふたりがかりで、海底に「突き棒」を挿す。手応えがあった。

『……木材じゃないっぽいすね』

慣れてくると、感触で材質もわかる。

このあたりの入江では、音波探査で反応しても、近代の沈没船であることが多い。これもその類《たぐ》いか？

黒木も「突き棒」を何度も挿しながら、感触を確かめた。

『……錆《さび》ぶくれのある金属、かな』

『掘りますか？　水中スクーターもってきますけど』

スクリューの付いたハンディサイズの電動推進機材のことだ。これを前方に掲げて回すと、泳がずとも前に進める。これを逆にすると、掘った時に水中に拡散する土砂を、扇風機の要領で飛ばすことができる。水中の濁りを飛ばして視界も確保できる。

『うん……やってみようか』

『とってきます』

といって、無量が膝《ひざ》を柔らかく動かし、フィンで水を搔《か》いて身を翻したときだった。視界の端に妙なものが横切った。奥の岩陰だ。大きな不審な影が動いたのを見て、どきり、とした。

『どうした、無量』

『いや。いま、岩の裏んとこにダイバーが』

『ダイバー？　司波さんたちか？』

『いいえ。ウェットスーツの色がちがった』

ずっとこちらを窺《うかが》っていたようで、無量が気づくと、岩陰の向こうに隠れるようにして消えた。そんな感じだった。

『レジャーダイバーじゃないのか？』

『……にしては、なんか』

そういえば、昨日もダイバーらしき人影を見た。鮫《さめ》じゃないか、と黒木は言ったが、あれはやはり人影だった。漁労者でもないし、このあたりに観光ダイビングスポットがあるとも思えないのだが。

『発掘が珍しかったんだろ。いいから、行ってこい』

何か引っかかる。後ろ髪を引かれながら、無量は船に向かって泳ぎだす。

船上の司波たちに報告し、機材をもって戻ってくると、黒木はすでに海底に横ばいになって、手スコを握り、海底を掘り始めている。

『どうすか。なんか出ましたか』

『もうちょいだ。まわしてくれ』

ロープと浮きで固定した水中スクーターをまわして、海中に拡散した堆積物《たいせき》を飛ばしながら、掘り続ける。

ふと移植ごての先が、なにか固いものに当たった。掘り広げていくと、顔を覗《のぞ》かせたのは、灰色の物体だ。一見、貝のようにも見えたが、

『いや、人工物だな』

『遺物っすか』

海底の遺物は、石灰質の付着物に覆われていることもある。黒木がハンマーを取りだして、軽く叩《たた》いてみた。すると付着物が剝《は》がれ、下から輝くものが顔を覗かせた。

『え……っ。金、じゃないすか、これ』

無量も機材から離れて腹ばいになり、ふたりがかりで掘り広げる。そこから現れたものを見て、無量と黒木は目を瞠《みは》った。

『おい、なんだこりゃ』

長さ三十センチほどの、細長い遺物だ。付着物の下から現れたのは、美しい宝石で象眼がほどこされた、朱塗りの鞘《さや》だ。柄《つか》には金の拵《こしら》えが施されている。小太刀か、短剣のようだった。

黒木がうめくように呟いた。

「……これは……まさか」

そのそばからは、壺《つぼ》が出てきた。中には円盤状の塊がぎっしりと異様なほど積み重なっている。

『宋銭……か？』

黒木と無量は思わず顔を見合わせた。

大変なものが出てきた。

『こりゃ……本物のお宝だ』

第二章　チュンニョルワンの剣

無量《むりよう》と黒木《くろき》が発見した「黄金の遺物」はメンバーたちを驚かせた。

しかし、発掘調査をしていた沈船からは少々離れていて無量たちが見つけた遺物の周囲まで調査をしきるのは日程的に厳しい。やっても試堀止まりだろう。

「とは言っても、黄金の剣と宋銭《そうせん》の山か……。そのまま置いておくわけにもな」

と司波《しば》は水中で撮ったデジカメ画像を見て、頭を悩ませている。

海底の遺物は、一度、掘り当ててしまうと、潮に流される可能性もある。余程重いものでない限り、同じ場所に留《とど》まっているとも限らない。

「出土状況と位置記録だけはしっかりとっときましょうや」

ベテランダイバーの灰島《はいじま》が提案した。

「記録とって、動きやすそうな刀剣のみ取り上げて、あとは一旦埋め戻し、その周囲も含めて詳細は次回の調査にまわしてもいいんじゃないかと」

「それが妥当か。そんな流れでいいですか。内海《うちうみ》さん」

取り上げは、黒木と無量が担当することになった。今日はもう潜れないので、明日《あした》から作業にとりかかることにして、この日の作業は終了した。

「黒木さん、ちょっといいすか」

宿舎に戻ってきた無量は、風呂《ふろ》に向かう黒木を廊下で呼び止めた。

「おう、無量。明日の段取りを決めようと思ってたとこだ」

「明日なんですけど、早めに取りかかりませんか」

無量の申し出に、黒木は驚いた。

「ああ、まあそのつもりだが」

「できれば、朝一ぐらいの勢いで」

黒木は怪訝《けげん》そうな顔をした。

「どうした。なんか気になることでも？」

「ええ、まあ……ちょっと」

理由は言わずに言葉を濁した。

「いいよ。司波さんに許可とって早めに現場に入るとしよう。水深も浅いし、作業時間も多めにとれるからな」

「あと遺物ですけど……、剣だけでも早めに取り上げときませんか」

「どうして？」

「いや、ちょっと特別な感じに見えましたし、あのまま無防備に沈めておくのは」

無量の懸念に察するものがあったのか、黒木も「そうだな」と答えた。

「実は俺もそれが心配だった。取り越し苦労ならいいんだが、万が一ということもある。明日は長めに潜るから体調整えとけよ」

黒木は性格も無量に似ているのか、柔軟だ。日焼けした顔に少しだけ笑みを浮かべ、

「しかし、おまえさん、大した発掘勘だな。あんな遠くから、しかもうっすらした隆起だけ見て遺物が埋まってるのがわかるなんて。ベテランだってそうそう見分けがつかないぞ」

「たまたまっす」

「宝物発掘師《トレジャー・ディガー》のあだ名は、だてじゃないな」

黒木の口から飛び出してきた言葉に、どきり、とした。水中発掘師である黒木は、陸上の遺跡発掘に関しては門外漢だから、無量のプロフィールも知らないものと思っていたからだ。

「それ、どこで」

「白田《しろた》さんが言ってたぞ。あのひと、筑紫大《つくし》にいた頃、陸上発掘もやってたそうだから」

無量はまたしても固まった。

「筑紫大？　いま筑紫大って言いました？」

「ああ。それがなにか？」

無量の父親、藤枝幸允《ふじえだゆきのぶ》が教授を務めている大学だ。

白田守《まもる》は筑紫大で大学院まで進み、その後、西海大で講師をしているという。

筑紫大は文献史学が中心で、考古学専門ゼミはないが、老舗《しにせ》の考古学研究会がある。出雲《いずも》の調査員だった降矢《ふるや》むつみも、そこの卒業生だ。

もっとも藤枝は古代史で、白田の専門は中世史だったそうだから、同じ大学にいたとしても接点はなかったかもしれないが。

幸い、黒木は無量の家族のことまでは聞き及んでいないらしい。

「トレジャーハンター対トレジャーディガー、だな。おまえには期待してる。とりあえず内海さんも呼んでくるよ。まだ家には帰ってないはずだから。夕食後、俺の部屋に集合な」

と言って黒木は風呂に向かった。

無量を特別視しないのは、自分の腕に自信があるせいか。黒木なら、無量があの「捏《ねっ》造《ぞう》騒動の西原瑛一朗《さいばらえいいちろう》」の孫だと聞いても、気にしなそうだ。

明日は五時起きになり、その日は、飲み会にも付き合わず、早めに就寝した。

＊

翌朝、無量たちは二時間ほど早く作業を開始した。

調査船とは別に一隻、小型船を借り、潜水の準備をはじめる。先に潜るのは黒木だ。

目印として沈めておいたブイを目指し、その真上で船を停めた。

「なら、行ってくる」

と慣れた調子で黒木は海に入った。立った姿勢のまま足を踏み出して飛び込む、きれいなジャイアントストライドエントリーだ。黒木のエントリーは派手な水しぶきも上がらず、惚《ほ》れ惚《ぼ》れするほどエレガントだ。船には内海調査員が残り、無量も潜水支度を調える。

遺物が見つかった地点は、沈船のあった地点よりだいぶ浅い。とはいえ、伊万里《いまり》湾は透明度があまり高くないので、黒木の影はみるみる見えなくなった。目標地点にたどり着いたのだろう。目印のブイが上下に揺れた。

「どうですか。下の様子は」

内海が水中電話で呼びかける。

『ああ、視界も良好だ。今から作業に取りかかる』

無量もエントリーしようとしていた時だった。海中から奇妙な反応が返ってきた。

『……おい、ないぞ』

え？　と無量が聞き返した。黒木が珍しくうろたえた口調で、

『昨日見つけた剣がない。流されたかな……』

「いや、でも結構厚めに土かぶせておきましたよ」

『宋銭の壺はある。が、剣だけない。すまんが、無量。大きめのライト持って入ってく

れないか』

無量は内海と顔を見合わせた。「行ってきて」と内海に指示され、無量は慌てて機材を持ち海に入った。

海中で黒木が待っている。しきりに海底を指さしている。宋銭の壺の上に乗っかる形であったはずの剣が、ない。なくなっている。流されないよう、土をかぶせて現状保存しておいたのだが、なぜか剣だけがなくなっている。

ふたりがかりで周辺を掘り返し、探してみたが、やはり、ない。

なくなってしまった。

黒木と無量は顔を見合わせた。狐につままれたような気分だ。確かにここに埋め戻してあったはずなのに。

ふたりは一旦、浮上して、船上にいる内海調査員に報告した。

「剣がなくなってる？　どういうことですか！」

「潮に流されないよう土をかぶせておいたんだが、どこにもない。宋銭のほうは動いた形跡はないんだが、剣だけなくなった」

確かにそこにあった。記録写真も撮ってあるから幻ではない。土はちゃんと充分かぶせてあったし、たった一晩で剣だけ動くとは考えられない。

「魚にでも持ってかれた……？　でも三十センチはあったんだろ？」

「ええ、小さい遺物ならともかく、結構重量もあったし、そう簡単に動くとは思えない。

土ごと流されたんならまだ分かるんだが、マーカーは残っていたんですよ」

無量はマスクをとって頭にのせ、「黒木さん」と神妙な顔で声をかけた。

「もしかして、誰かに持ってかれたんじゃ……」

「持ってかれただって？　一体誰に」

と内海が言った。無量はボートのふちに手をかけながら、

「昨日見たんです。このあたりに潜って不審な行動してるダイバーたちがいました。このへんて素潜り漁とかします？　観光ダイビングのスポットでしたっけ？」

いや、と内海は首を振った。

「網は使うが、素潜りは聞いたことないな。観光ダイビングも、伊万里の方にあるにはあるが、透明度もイマイチだし、さして面白いスポットでも。鷹島《たかしま》じゃ聞いたことないな……」

「おまえが見たダイバーたちが持ってったって言いたいのか？　無量」

「はい。その前の日にも、このへんをうろついてるのを見ました。もしかして、遺物が出るのを狙っていたんじゃ……」

黒木と内海も、険しい顔になった。

順調だった元寇《げんこう》船の発掘は、にわかに「事件」の様相を呈してきた。

＊

「遺物泥棒だと？」

連絡を受けて駆けつけた司波は、問題の出土地点がある海面を覗《のぞ》き込むようにして、無量たちに言った。

「本当か？　そいつらに持ってかれたっていうのか」

「ええ。なんかコソコソしてたし、俺に見つかって隠れたりしてたんで、そいつらが怪しいんじゃないかと」

「海底はよく探したのか」

と問いかける。黒木は肩をすくめて「探しましたよ」と答えた。

「潮目を見て周囲をくまなく見たけど、どこにもなかった。遺物の重さからすると、そこまで遠くに流されるとも思えん。俺も誰かに持ってかれたんじゃないかと思うね」

「なんでそう思う」

「土が流れたんなら、宋銭が露出してるはずだ。でもそれがなかった。土はかぶせられてたんだ。誰かが掘り返して遺物を取り上げ、元通りに土をかぶせた。そしてマーカーを置き直した。そうとしか考えられん」

まいったな、と司波は腕組みをしてうなってしまった。幸いデジカメで出土した時の状態は撮ってあったが、貴重な遺物を紛失してしまうとは……。しかも盗難の可能性すらある。

「沈船のほうの遺物も狙っていたかもしれん。すぐに確認しよう。ったく不届きな連中め。見つけたらただじゃすまんぞ」

司波は怒り心頭だ。ただちに確認作業を始めることになった。

黒木と無量も、せっかく発見した貴重な遺物を失って意気消沈してしまっている。

「まだ近くをうろついてるかもしれん。見つけたら、とっ捕まえて、ぎったぎたにしてやる」

内海学芸員も仁王のような顔になっている。近くのダイビングショップに問い合わせてレンタルしたダイバーがいなかったか、調べてみるという。たちの悪いダイバーもいるから、いたずら半分の軽い気持ちだったかもしれないが、だとしても相当悪質だ。

「不審な船がいないか、手の空いたものでパトロールしよう。今後は出土遺物が持ってかれないよう、取り上げを急ぐか、持ち去り防止の対策取らないとな」

「いたずらにしちゃ、手が込んでますね」

と無量が心配そうに言った。

「わざわざ作業が終わるまで待って、持ち去ったってゆーんすか？　いくら夏場で日が長いからって、いたずら程度の気持ちでそこまでして持ち去ろうとしますかね」

「作業後か、もしくは作業前だな。俺たちより早かったとなると早朝だ。普通のダイバーが潜る時間帯でもない」

やけに周到ではないか。初めから狙っていたかのような執念を感じる。無量はなにか嫌な予感がしてならない。

その日は一日、ややもやとした気分を引きずってしまい、作業に集中できなかった。

＊

「遺物を素人ダイバーに持ってかれたって、ほんまか。無量！」

夕方、宿舎に戻ってくると、別船で作業していた広大《こうだい》が待ち受けていて、くってかかってきた。無量は荷物を置くと真っ直ぐに大浴場に向かった。

「ああ。……やられた。怪しい連中がうろうろしてんな、とは思ってた」

脱衣場で経緯を伝えると、広大はふたりの油断だとばかりに責め立てた。

「ったく、なにしとんねん。わかっててやられたんか」

「怪しいとは思ったけど、まさか遺物を持ってくだなんて思わないし」

「カオは見たんか」

「水中マスクしてたしウェットスーツだし」

「男か女か」

「ごつかったから、たぶん男」

「海保には届けたんか。そういうのなんとかしてくれるんちゃう？」

「内海さんたちが通報したって。どこまで対応してくれるかは微妙だけど、一応、国史跡に指定されてる海域だし、司波さんたちが働きかけてナントカすると思う」

「なんでそないに落ち着いてられんねん。手柄の遺物持ってかれて悔しないんか」

「悔しいって！　事前探索《サーヴェイ》で当てた遺物だぞ」

性分なので顔にも口にも出さないが。「遺物必当祈願」の甲斐《かい》があったと喜んで、萌絵にもちょっと自慢半分でメールしてしまった後だけに、無量も決まりが悪い。

風呂場《ふろば》に入っていく無量のあとを、全裸になった広大が追ってきた。

「おまえが見たダイバー、元寇の幽霊ちゃうか」

「まだ言ってる」

「幽霊が取り返しにきたんちゃうか。あー絶対そうやわ。こら、あかんやつや。幽霊武者が隠したんや」

「はいはい」

まともに取り合わず、無量は洗い場で髪を洗い始める。手つきも自然と雑になる。広大も隣に陣取って、スポンジを泡立て始めた。

「……せやけど、一緒に潜ったの。黒木さんやったか」

「どうした？」

急に広大が洗う手を止めて考え込んだので、無量もシャンプーの泡の下から、覗き見

た。広大は真顔になって、

「引っかかる」

「引っかかるって、なにが」

「遺物がなくなっとんの、最初に気づいたのは誰や。おまえか」

「いや、先に潜ったのは黒木さんだけど」

「それ、ほんまになくなってたんか？」

無量は黙りこみ、シャワーで泡を洗い流してから、広大を振り返った。

「どういう意味だ。黒木さんが隠したとでもいうのか。黒木さんが遺物を隠して『なくなった』って嘘ついたってのか？　なんのために！」

広大は口ごもり、小声になって呟《つぶや》いた。

「よくない噂があんねん」

「前に言ってたやつか？」

「あのひとな、アメリカで沈船専門のトレジャーハンティングチームにおるゆーたやろ。引き揚げた遺物は基本その財団のコレクションにしてるねんけど、いくつかは骨董《こっとう》品のマーケットに出して、それでえらい儲《もう》けとるらしいねん」

無量もそれは知っている。トレジャーハンティングとはそもそも、そういうものだ。学術調査ではないのだから、コレクションして終わりにはならない。

「噂じゃ、盗品扱うブラックマーケットとも繋《つな》がっていて、文化財調査の名目で出した遺物の一部を横流ししてるって」

「つまり、黒木さんが出土品をちょろまかして売ろうとしてるって言いたいのか？」

「いや、その……」

「黒木さんが盗んだっていうのか！　どこにそんな証拠がある！」

「証拠はないねんけど」

「証拠もないのに変なこというな。ぶん殴るぞ」

予想外に怒った無量に広大はびっくりした。無量は怒った勢いで雑に体を洗い、湯船にどぶんと浸《つ》かった。

「なに怒ってんねん」

「怒ってない」

「おまえだって所持品までは調べてないやろ」

「遺物は三十センチくらいあった。ウェットスーツじゃ隠しようもない」

「道具入れは。どっかに紛れ込ませてたんとちゃうか」

「おまえ本当に疑ってんのか。黒木さんを」

前科がある、と広大は言い張った。かつて黒木が関わった海外の調査発掘で、発見された遺物が、オークションに出されたことがあったという。それも一度や二度ではない。水中発掘で出た遺物が、記録にも残されず、横流しされていたと。

「どんな雑な発掘だよ。高値で売れそうな遺物なら、なおさら記録もしてるだろ」

「だから、今回みたいに記録をとる前にこっそり取り上げたんとちゃうか。でなきゃ、共犯がおったとか。組織ぐるみで遺物を売り払ってたとか……」

無量は目を剝《む》いた。遺跡発掘に携わる者にとって遺物の横流しなど、下の下だ。

「黒木は証拠不十分でお咎《とが》めなしやったけど、裏で関わっとんちゃうかって……。それで学会にいづらくなって、トレジャーハンターに雇われたって噂や」

黒木は元研究者だったのだ。不正疑惑をかけられて研究を続けられなくなり、干されていたところを、発掘の腕を買われて例の財団にヘッドハンティングされたという。

無量は顔を背けて、タオルを頭にのせた。

「ばかげてる」

「黒木の所持品、探ったほうがええんちゃうか」

「なに呼び捨てしてんだよ。犯人扱いかよ。したいなら、おまえひとりでやれ」

無量は逃げるように湯船から出て、脱衣所に戻ってしまう。広大は追いすがってきて、ろくに体も拭《ふ》かずにパンツをはきながら、

「そっちこそ犯人やないて思うなら証明してみい。頭ごなしにちがうちがうって。めんどくさいことから逃げとるだけやないか」

「なんだと」

「いっつもそうや。無関心なふりして本当のこと知るのが怖いんちゃうか」

「広大てめ、ふざけんな!」

つかみ合いになりかけたところに、がらり、と脱衣所の引き戸が開いて、渦中の男が入ってきた。

「おいおい、風呂場でなに言い合いしてんだ」

「黒木さん……っ」

入浴しにきたところだった。本人登場に肝を潰《つぶ》した広大が慌てて「なんでもないっす」と言いながら無量の背中を押し、廊下へと連れ出した。あと少しで話を聞かれるところだった。

「黒木が風呂入ってる隙に所持品見てくるさかい、おまえここで見張っとけ」

広大は懲りていない。断固拒否する無量の胸ぐらを摑《つか》み、

「無実を証明したろゆーとるだけや。あいつが風呂から出てきたら、なんでもええから引き留めとけ。ええな」

広大は今だとばかりに黒木の部屋に向かった。民宿には発掘チームの者しか宿泊していないから、普段は誰も部屋に鍵《かぎ》をかけない（盗まれるようなものもない）。

結論からいえば、黒木の部屋に遺物はなかった。

大体、遺物を盗んで隠すような人間は、部屋に鍵もかけずに出ていくわけがない。

だが、広大は諦《あきら》めていなかった。その後も、探偵気取りで仮説を並べ立て、寝る間際まで（ふたりは同室だ）ぶつぶつ言っていた。

「きっとおまえが見たダイバーは共犯者や。遺物を海中のどっかに隠して、そいつらが

取りに来る算段やったんちゃうか」

「いい加減にしろよ。黒木さんじゃねーって」

「せやけど怪しいやろ」

「広大」

無量が布団をはね上げ、起き上がって言った。

「黒木さんじゃなくて、あのダイバーだ。俺はあのダイバーたちが怪しいと思う」

「おまえカオは見たんか」

「暗くてよく見えなかったけど、もう一度見ればわかる」

一度発見したものを調べもせずに失うことは、発掘師のプライドが許さなかった。珍しい貝でも拾うような軽い気持ちで持ち去ったのだとすれば、とんでもない話だ。

「次は絶対、見逃さない。今度見かけたら絶対にとっ捕まえて取り返す」

＊

翌日の発掘調査は、厳戒態勢のもとで行われた。幸い、取り上げ前の他の遺物には、紛失は見られなかったが、調査区域には遺物持ち出しができないよう網を張るなど対策をほどこして、船を出して夜間の見回りも行うことにした。

どことなくピリピリとした空気の中、調査は進んだ。

作業からあがってきた無量と広大に、司波が問いかけてきた。

「今日は、怪しいダイバーはいなかったか」

「はい。いまんとこは」

レギュレーターを外して、無量は目を覆う水中マスクをとった。

「でも俺らがいなくなったとこを狙って、また来るかもしれないすね」

海上を見る限り、漁船の他は怪しいボートもなかった。ただこの海域は入江も多い。そこに船を隠して、潜水してくる可能性もあるから油断できない。

そういえば、と「シャカさん」こと赤崎龍馬《あかざきりょうま》が言った。

「前に韓国で水中発掘をやった時に聞いた話なんだが……。朝鮮半島の沿岸部には、沈んでる貿易船を狙う盗掘集団がいるって話だ」

「沈没船専門の？　ですか」

「ああ。それこそ古代から近代までたくさんある中で、特に交易品を積んでる古い船からは、そこそこ美術的価値のあるものも見つかるらしい。沈船の情報が漏れると、発掘調査するより先に持ってかれることがあるから、調査結果の取り扱いには気をつけるようお達しが出ていたくらいだ」

「その集団が日本でも活動してるってことですか」

「対馬《つしま》海峡は交易船銀座《ぎんざ》みたいなもんだからな。尤《もっと》も、鷹島は元寇船こそたくさん沈んでいるが、そもそも商船じゃないから高価なお宝は、あまり期待できんしな」

とは言っても、相手は元《げん》から派遣された軍船だ。大将船クラスになれば、豪華な陶磁器や調度品も使っていたかもしれない。船体がきれいに残っているケースは稀《まれ》だが、陶磁器類は海底の下に保存されている。とはいえ、土砂に埋もれているから、潜ればすぐに発見できるような簡単なものではないが。

そこへ、船室から黒木が現れた。黒木は無量を見つけると、呼びかけてきて、

「今日、終わった後、時間あるか？」

「え……？　はい」

「ちょっと一緒に付き合ってくれ」

「買い物すか？」

聞き込みだ、と黒木は言った。

「おまえが見たっていうダイバーの手がかりがないか、ちょっと聞いてまわってみる」

黒木も手をこまねいてはいられなかったようだ。

「遺物を見たのはおまえと俺だけだ。発見した責任がある。取り戻すのも仕事のうちだ。相手がいたずら半分でやったなら、今後のためにもちゃんと注意してやらないとな」

その一言で、自《おの》ずと黒木は潔白とわかった。容疑者が自ら聞き込みをするはずもない。ほらみろ、と無量が広大に目配《めくば》せした。広大はばつが悪そうに、そっぽをむいた。

作業終了後――。黒木と示し合わせた通り、遺物探しのため、聞き込みをして回るこ

とになった。

黒木の運転する4WDで神崎《こうざき》港やフェリー発着所などに出向き、漁労者や貸しボート屋などを訪れて、当日、遺跡周辺でダイバーを見かけなかったか、聞いて回った。

伊万里湾にはイロハ島などの景勝地があり、ダイビングスポットもあるにはあるが、鷹島《たかしま》周辺では滅多に見かけることはない。どこも空振りだ。

地元のダイビングショップにも聞いてみた。当日、利用した客は数名いたが、いずれもガイド付きで、場所も鷹島周辺ではなかったという。

「……てことは、レジャーダイバーじゃなかったってことすかね」

「しかも自前装備でガイドなしで潜れるとなると、余程の熟練ダイバーか。もしくは」

黒木は口を真一文字にしてしまう。

沈船専門の盗掘集団のことが、無量の頭をかすめた。

漁港に赴いた無量たちは、干していた網を片付けている年配漁師に声をかけてみた。

「おとといの午後……？　ああ、そういや、おったねえ。初崎《はつざき》のほうからピカピカのプレジャーボートでやってきて、南ケ崎《みなみがさき》の手前から入っとったなあ」

「ほんとですか」

「だいぶ長うおったけん、密漁じゃなかか、としばらく見張っとったとばい」

初崎は対岸にある福島《ふくしま》の先端だ。鷹島から玄界灘《げんかいなだ》に抜ける日比《ひび》水道の分岐にあたり、船の行き来も多い。調査海域からはちょうど岬の陰になるあたりだ。

漁師は「密漁」を疑い、念のため、船の写真を携帯電話で撮っておいたという。

黒木はその画像をスマホに収めた。

「どんな感じの連中だったたっすかね」

「初心者じゃなかねえ。女の子がおるような雰囲気でもなかごたった。いま、神崎のあたりで遺跡調査ばしとったってやけん、そん人たちかな、思ったばってん」

ベテラン漁師の目に「玄人《くろうと》」っぽく見えたということは、やはりレジャー目的のダイバーではなかったということか。

「その船、どこに向かったかわかりますか」

「飛島《とびしま》のほうにいったけん、伊万里か調川《つきのかわ》の港じゃなかやろか」

そこに漁師仲間が通り掛かった。重ねて問いかけると、

「ああ、二、三日前から、このへん、うろうろしよった船か。今日も鰈岬《かれざき》あたりにおったごたるね」

「まだいるんですね！　いまどこに」

「朝と夕方に、調川の港を出入りしとった。目の前ば横切ったり、生《い》け簀《す》ぎりぎり通ったり、操船の雑かけんハラハラ見とったばい」

無量は黒木と目配せをした。まだこの近くにいるかもしれない。

「調川ですね。ありがとうございます」

対岸の港だ。いまならフェリーの時間に間に合う。ふたりは発着所に向かい、ぎりぎ

り乗り込んだ。

移動の間も、黒木は屋外デッキで双眼鏡を片手に該当しそうな船を探している。夜釣りの船以外は、港に戻る時間だった。無量も目をこらして、海上を見回した。

「やっぱり出来心とかじゃなくて、はじめから遺物を狙ってたんすかね……」

「盗掘団のことか？　どうだろうなあ。元寇船は戦船だしな。貿易船のようなお宝が見つかる可能性は……。狙う価値があるとも思えんが」

プロのトレジャーハンターの口から言われると、説得力がある。

「調査計画を聞きつけて狙ったんだとしても、正直、引き揚げて整理が済んでから盗むほうが、なんぼも確実にいいものを手に入れられる。海底に埋まっている、海のものとも山のものとも知れない骨董《こっとう》品をわざわざ潜って手に入れるのは、労力の無駄だと思うがな」

「まあ、そうすよね……。やっぱりおもしろ半分か」

「さもなくば調査妨害」

「妨害？　なんのために」

「よその研究者のしわざとかな。出たら困るお宝があるとか、な」

「学説がらみ、みたいな？」

「神風があったか、なかったか。決定づける証拠になる遺物とか。俺も研究者じゃないから、そのへんはわからん」

黒木は双眼鏡を無量に渡して「交代だ」と言った。そのまま目頭を押さえてベンチに座り込み、目薬をさした。

「大丈夫ですか」

「ああ。大昔にやらかした減圧症の後遺症でね。夕方になって目が疲れてくると、たまに見えづらくなる」

潜水士の職業病といえば、減圧症だ。

深海における水圧の急激な変化で、体の中の窒素が気泡となり、それが血中や関節内に残ることで、様々な症状を引き起こす。

関節痛や頭痛、全身倦怠感《けんたいかん》やめまい、吐き気など様々だが、そのひとつに「視力障害」がある。黒木の場合、若い頃、一度大きな減圧症にかかったことがあり、その後遺症が視神経に出るという。

「……すぐにチャンバー（高気圧酸素治療装置）に入って治療すりゃ少しはマシだったんだろうが、海外の孤島で、ろくに設備がなかったんだ」

「ジン……？　あなた、ジンくんやなかね？」

後ろから、突然、見知らぬ女に話を遮られた。

そこにいたのは、ショートボブの四十代くらいの女性だ。Ｔシャツにデニムという快活な格好で、しゃれた黒縁フレームのメガネをかけている。

「やっぱり、そうたい！　ジンくん、うちよ。上の家の香織《かおり》」

「香織……香織さんかい」

ふたりは古い知り合いだったらしい。船上での再会をひとしきり、喜びあっている。置いてきぼりにされた無量は、ぽかんとそのやりとりを眺めるばかりだ。

「何年ぶりやろか。こっちに帰ってきとったと？」

「いや、仕事で来てるんだよ」

「仕事？　なんばしよっと？」

「潜水士だよ」

香織と呼ばれた女性は目を丸くした。

「ジンくんが潜水士？　水が怖か、ゆーてプールにも入れんかったジンくんが？」

そばで聞いていた無量も、意外すぎて驚いた。すると香織も気づき、

「あ……っ。そちら、もしかして息子さん？」

童顔の無量はたまに十代と間違えられる。

「いや、職場の同僚だ。鷹島の海底遺跡で調査発掘をしてるんだよ」

黒木がさらりと紹介した。香織もその話題は知っていたようで、

「すごかぁ！　元寇の船が出たとやろ。ジンくんがしよったと？　わあ、やっぱりご先祖様の導きったい」

ふたりはベンチに腰掛けて、話し始めた。無量も聞き耳を立てるつもりはなかったが、会話の端々から聞こえてくる内容をつなぎ合わせると、どうやら黒木は、鷹島周辺の出

身だったらしい。

「実家には顔出したと？」

「いや。その暇もなくてね」

「先月、ゲン兄さんの三十三回忌やったやろ。もう三十二年経っとよ。早かねえ……」

「三十二年か……」

「ジンくんはゲン兄さんにそっくりやったけん、ゲン兄さんが生きとったら、こんな感じやったかもね」

「兄さんのほうが、ずっと男前さ」

「こっちに戻ってくる気はなかと？」

親しげな様子だ。香織は幼なじみというよりは弟を気遣うような接し方をする。黒木もつられて、いつのまにか方言になっている。

「いまはロサンゼルスに家があるったい。向こうで永住権ば取ったし、こっちに帰ってくっことはもう、なかやろな」

「そう……。淋《さび》しかね」

そうこうしているうちに、客室から香織の連れが呼びに来た。

「しばらくこっちにおっとなら、連絡して。ごはんでも食べようで」

また会う約束を交わして、ふたりは別れた。無量のもとに戻ってきた黒木は、少し決まりが悪そうだ。

「地元だったんすか？」

「ああ。といっても、こっちにいたのは十代の頃までだからな」

自分からは訊《き》かれなければ打ち明けないところは、無量と似ている。

香織は、母方の「はとこ」だという。鷹島在住で子供の頃よく遊んだらしい。

「ガキの時、鷹島ではじめて海底発掘調査があってね。このへんでも結構なニュースになっていた。それが水中考古学に興味を持ったきっかけかな」

「だったら、なおさら思い入れのある現場だったんじゃないすか」

「どうだろうな」

黒木は笑みを消して、どこか重苦しそうな表情になった。

「思い入れというより、俺はただ……仇《かたき》を取りたいだけなのかもしれない」

え？　と無量は思わず顔を覗《のぞ》き込んでしまう。黒木は我に返り、

「いや、なに。こっちの話だ」

鷹島は蒙古《もうこ》軍が上陸して、住民がたくさん殺された島でもある。だからだろうか、と無量は解釈したが、七百年以上も前の戦の「仇討ち」というのも奇妙な話だ。

フェリーは対岸の御厨《みくりや》港に着いた。ふたりはフェリーを下り、例のダイバーたちの乗っていたクルーザーが目撃された漁港へと向かった。伊万里湾は夕焼けに染まり、夜の漁に出る釣り船が出港準備をしているところだった。

「黒木さん、あの船じゃないすか」

見つけたのは無量だ。鷹島の漁師が撮った写真と、よく似ている船が係留してある。しかも人が乗っている。ふたりは迷わず、船に近づいていった。

ダイバーたちは片付けをしているところだった。

「すいません。ちょっと話を伺いたいんですけど」

黒木が声をかけると、デッキでタンクを並べていた乗船者がこちらを見た。ちりちり頭の大柄な男だ。肩にタトゥを入れていて、くわえ煙草で作業をしている。

「なんか用かい。係留許可は取ってますよ」

「数日前から鷹島のあたりでダイビングしてましたよね」

黒木は臆《おく》する様子もなく、単刀直入に問いかけた。タトゥ男はますます無遠慮に黒木を眺め回し、不審そうに答えた。

「密漁じゃないすよ。船みてもらったらわかります」

「あのあたり、ダイビングスポットでもないはずですけど、なんかありましたかね」

黒木もトレジャーハンターを生業《なりわい》にする「海の男」だ。度胸があるのか、平然と問いかける。

「いちゃもんなら、出るとこ出て話しましょうや」

「いちゃもんじゃない。ちょっと話を聞きたいだけだ。船主はどこだい」

「なにかトラブルでもあったか？」

栈橋の付け根のほうから、ポロシャツを着た中年男がやってきた。高そうな外国車に乗っている。振り返った黒木は目を瞠《みは》った。

「あんた、ハンさんじゃないか……っ」

「ジンじゃないか。珍しいところで会うもんだな。こんなところで何してる」

また地元の友人だろうか、と思って見ていたら、急にお互い英語で話し始めるではないか。

無量は唐突に気づいた。「ハン」と呼ばれたその男の体格が、海中で見たダイバーとそっくりだったのだ。無量は、目にした対象の特徴を瞬時に捉《とら》える。普通の人間なら見過ごすようなところまで把握できてしまう。

直感的に「この男だ」とわかった。

「あんたの船かい」

「いい船だろ。最新のマルチファンビームや磁気探知機・金属探知機も搭載してる。仕事にはもってこいだよ」

豪華なクルーザーだ。無量たちの、漁船を利用した調査船とは大違いだ。

「おまえは何しに？　ダイビングか？」

「鷹島で海底遺跡の発掘をやってる。だが、海中の遺物を持ち去る不届き者がいてね。あんた、昨日一昨日《おととい》と鷹島のあたりで潜ってたろ。なんか見なかったかい」

ハンは大きな声で笑った。

「……俺が犯人だと疑ってるのか？　なんなら船ん中を『臨検』してくれ。何もないよ」

「なんであんなとこで潜ってた？　大して見所もないだろ」

「日本有数の海底遺跡を見たかっただけだ。最近ダイビング仲間の間でも、水中遺跡を見るのがはやってるからね」

黒木は「そうかい」とにこやかに言ったが、目が笑っていなかった。

「あいにく見つかってる元寇船は二隻だけだ。地中海みたいに遺物がわんさか埋まってると思ったのか？　だったら、おあいにくさまだな」

「わざわざ探して廻《まわ》ってるってことは、なくなった遺物はずいぶん面白いものだったのか？」

ハンが真顔になって訊《たず》ねてきた。

「たとえば……チュンニョルワンの剣、とか」

黒木は黙った。無量は怪訝《けげん》に思った。──チュンニョルワン……？

やけに具体的な名が出てきたことに驚きながら、無量は黒木を見上げた。黒木はあしらうように鼻で笑い、

「そんなもんは、ない」

「ははは、なにを言ってる。蒙古軍は鷹島で全軍が合流し、海上にひしめいてたんだろう？　そこに神風が吹いて、ひとたまりもなく沈んだんだ」

「通説が間違ってる」

「何を根拠に？」

　ハンは黒木の顔を殊更、注意深く窺《うかが》い、

「だったら、おまえが見つけたあれは〝誰〟のものだ？」

　黒木の顔から笑みが消え、険しい表情になってハンを睨《にら》みつけた。

「………。船を見させてもらう」

　まるで海上保安庁の係官のように言うと、おかまいなしに船内へと踏み込み、あちらこちらを探し始めた。だが、消えた遺物はどこにもない。船にはなかった。

「気が済んだか」

「………。邪魔したな」

　黒木は「行くぞ」と無量に言い、歩き出していく。そして、ハンの車の前でふと立ち止まった。左ハンドルの運転席に、女がいた。

　ふっくらとした赤い唇が目を惹《ひ》いた。緩いウェーブのかかった長髪を右肩に寄せて垂らし、かきあげた前髪が、艶《つや》っぽさの中に知性を感じさせる。ノースリーブの青いドレープドレスが、いやに無量の目に焼き付いた。

　黒木が立ち止まったのは、その女と、目と目があったからだ。

「……エイ……ミ……？」

　と呟《つぶや》いた。女は気が強そうな眼差《まなざ》しで、じっとこちらを見ている。

黒木は棒立ちになった。

「なんで……まさか、おまえ」

するとエイミと呼ばれた女は車から降り、黒木には視線もくれず、ハンのほうへと颯爽《さっそう》と歩き出す。海風でからみつくドレスを長い脚でさばきながら、ミュールのかかとを高く鳴らして、桟橋へ行き、ハンへと声をかけた。親密な様子からすると、妻か恋人だろうか。

会話はなかった。

黒木はしばらくその様子を茫然《ぼうぜん》と眺めていたが、やがて断ち切るようにきびすを返し、自分の車に戻った。助手席に乗り込んだ無量が問いかけた。

「あのひとたち、誰すか。地元の人すか」

「昔の同僚さ。サミュエル・ハン。米国のサルベージチームで潜水士をやっていた。今は独立して自分の会社を立ち上げてる」

「サルベージって、古い沈没船のですか。まさか、それって」

「………」

「黒木さん。あの人、俺らが見つけた遺物が刀剣だったことも知ってたみたいな口ぶりだったじゃないすか。それ知ってるのは調査チームの人だけでしょ。でなかったら……」

無量は声音を低くして、

「盗んだ張本人だけなんじゃないすか」

「……。だが、証拠がない」

黒木もハンへの疑惑を解いてはいなかった。ハンドルを握るその目つきは、いつになく神経質だ。

港は薄闇に包まれ始めている。突堤の明かりが海を照らし始めていた。

ライトをつけて、黒木は言った。

「今日のところは出直しだ。一旦《いったん》、帰ろう」

＊

宿舎に戻ってきてからも、無量は釈然としない。黒木とハンのやりとりが気にかかっていた。「チュンニョルワン」とはなんなのか。ロビーのパソコンで調べていると、やってきたのは、西海大の白田守だ。

「忠烈王のことだ。高麗《こうらい》の王様だ」

「高麗の？」

白田は指先でめがねのブリッジを持ち上げながら、うなずいた。かつて筑紫大で元寇の文献研究をしていたというから、答えが出てくるのも早い。

「元軍は、知っての通り、蒙古と高麗と旧南宋の混成軍だ。高麗は、元《げん》とは冊封関係にあった」

「さく…ほう……」

「冊封は、金印と一緒に送られてくる任命書のこと。つまり属国関係ですよという証明書だ。元《げん》の皇帝と高麗の王は、君臣関係にあったんだな。皇帝に従って貢ぎ物を送る代わりに、高麗がよその国から攻められたら守ってくれるという」

大学で教鞭《きょうべん》をとっているだけあって、スラスラと出てくる。無量も学生時代の歴史で習ったような気がするが、うろおぼえだ。

「もしかして、元寇の時の、高麗の王様すか」

「ああ、そうだ。蒙古と一緒に攻めてきた、高麗のだ」

無量は黙ってしまった。高麗の王の、刀剣……、あの遺物が？　もし本当にそうだとしたら、つまり高麗からきた軍船のもの？　高麗王から刀剣を賜った者を乗せた船が、あの海で沈んだということか？

視線を一点に据えて考え込んでいると、白田が不意に覗《のぞ》き込んできた。

「君は、藤枝教授の息子さんだったね」

唐突に父親の名を持ち出され、どきり、となり、現実に戻された。なぜ知っているのか。何を言われるのか、と構えた無量に、白田は珍しく興奮して畳みかけてきた。

「研究者でなく作業員だと聞いていたけれど、さすが藤枝先生の息子さんだね。ちゃんと調べるとは優秀だね」

藤枝に似て、だって？　と無量は内心反発した。父親を持ち出してわざわざ持ち上げる理由がわからない。

「気ぃ遣わないでいいっす。それに俺、オヤとはカンケーないすから」

「僕は研究者として藤枝先生を尊敬しているんだよ。議論をすれば明晰《めいせき》で、権威ある説にも忌憚《きたん》なく嚙《か》みついていく口舌は、毎回見ていて胸がすく。史料批判をすれば切れ味抜群だし、奮い立たされる。あんなふうになってみたいもんだ」

白田の褒め言葉は止めどない。まじめに心酔しているのだとわかって、無量は苦々しい思いでいっぱいになった。

「なんで俺が藤枝の息子だと？」

「藤枝先生がおっしゃってたんだよ」

「藤枝が」

「発掘をやってる息子がいると。出雲《いずも》で青銅の髑髏《どくろ》を出したのは息子だとも言っていた。さぞかし自慢の息子なんだろう」

「ちがう」

無量はムキになって語調を強めた。

「あいつは俺が発掘やってることを嘲笑《あざわら》ってるすよ。発掘屋は、奴の学説を証明するための下僕ぐらいにしか思ってない。自慢なんかするわけないんだ！」

「お、おいおい……」

「あんな傲慢《ごうまん》で無神経で下品なおっさんにだまされないでくださいよ。ただの人でなしっすよ。あんな勘違い男、俺は父親だとも思ってないスから」

吐き捨てるように言うと、無量はロビーから立ち去った。あんな男に心酔できる白田の気が知れなかった。藤枝の物怖《ものお》じしない強気な物言いが、見る者によっては憧《あこが》れの対象になるのかもしれないが、無量からすれば傍若無人なだけだ。相手に対する敬意のかけらもない、ひとを見下した物言いも、いちいち神経を逆撫《さかな》でする。

自慢の息子だと？　そんなわけあるか。あんな男に認められても嬉しくも何ともない。

イライラしながら、食堂に来ると、司波が遅い夕食をとりながら、タブレットと首っ引きになっていた。

「どうした、無量。怖い顔して」

慌てて表情を崩し、気を取り直して「お疲れ様です」と頭を下げる。

「ちょうどいいとこにきた。おまえたちが見つけた遺物の画像分析をしてたんだ」

司波の手元のタブレットに写っているのは、水中写真だ。例の刀剣の出土写真だった。

「……武器にしては華美だから、装飾品か守り刀だった可能性もあるな」

朱漆に金の拵《こしら》えなどという豪華な短剣だった。その辺の兵士が所持していたとも思えない。更に指で拡大しつつ、

「この漆鞘《うるしざや》の部分だが、なにか文字が書かれてあるようだ」

「文字、すか」

「以前、鷹島の海底から出土した漆塗り木製品にも文字が書かれてあった。実物を見つけてX線分析できればなあ……」

「訊《き》いていいすか」

なんだ？　と司波が味噌汁《みそしる》をすすった。

「鷹島で、高麗軍の船が見つかる可能性って、あります？」

「高麗、か？　あるといえばあるし、ないといえば、ないな」

「どっちすか」

「弘安《こうあん》の役で、東路《とうろ》軍が鷹島に来たかどうかによるな。以前は、東路軍も江南《こうなん》軍もまとめて鷹島に集結したと言われていたんだが、最近は、来たのは江南軍だけじゃないかって説もあって……。現に、このへんじゃ高麗産の遺物はあまり見つかってない」

「見つかってない？」

やはり、別段根拠のある発言ではなかったということか。

無量は今日の出来事を司波に話した。司波は、黒木とはつきあいが長く、松浦《まつうら》周辺の出身であることも知っていたようだ。それに加えて、

「ハンと会っただって？」

司波が呑《の》んでいた缶ビールを置いて、身を乗り出した。風貌《ふうぼう》や背格好も、司波の頭に浮かんでいた人物と合致したようだ。

「その男、サミュエル・ハン……と名乗ってなかったか？」

「知ってるんすか」

「元トレジャーハンターだった男だ。黒木と同じ財団にいた。その後、独立したとか聞いたが、裏で盗品を扱うシンジケートとつるんでいるとかいう噂を耳にした」

まさに広大が言っていたものではないか。そんな人間が鷹島の海底遺跡の近くをウロウロしているとは穏やかではない。

「忠烈王の刀剣……？　ハンはそう言ってたのか」

「はい。もしかして俺らが見つけたあの刀のことじゃないかと思って」

黒木もハンには否定していたが、明らかに反応していた。ハンはまるでそこから出ることを予想していたような言い方だったが、何が根拠なのか。

「そういえば、黒木の実家だかが松浦党《まつら》の子孫みたいな話を聞いたな」

松浦党？　と無量が聞き返すと、司波はつまみのカシューナッツを口に放り込んだ。

「海の武士団と呼ばれていた一族のことだ。とはいっても一族を統括する主《あるじ》みたいなのはいなかった。この辺一帯に割拠してて、古くは平安時代からその名があったそうだが、戦国時代に出世して大名になった平戸松浦が有名かな」

「水軍みたいなやつっすか」

「水軍というよりは、海賊だな。貿易船なんかを襲ったりもした。対馬あたりから朝鮮半島まで船団を組んで出ていって、略奪しまくった者もいる。和寇《わこう》ってやつだ」

元寇では地元の武士団として迎え撃った。一口に松浦党と言っても、様々な一族があって、鎌倉幕府の御家人となった者もあれば、徒党を組んで海賊行為をしていた者もいた。

「高麗から、松浦党の略奪が目に余るからなんとかしてくれ、と幕府にクレームがきて、幕府は御家人に海賊の取り締まりをさせたとか。だが警固を命じられたのも、海賊行為をしてる張本人だった」

「だめじゃないすか」

「そこでお互いになんらかの取引をして、貿易船の安全をはかったらしい。松浦のあたりは貿易船の渡航地だったからな」

貿易船の積み荷は、高価なものも多かった。砂金や金銅、水銀、太刀、茶器……。武器や地金、工芸品から衣類と多岐にわたる。

「黒木さんちは、その海賊の子孫だったってことですか」

「パイレーツ・オブ・マツラ……なんて冗談めかして言ってたから、ほんとかどうかはわからん。が、この界隈《かいわい》に昔からあった家なら、おかしいことはない」

無量は考え込んだ。海賊の子孫……か。黒木の風貌を思い出して、妙に納得した。浅黒い肌と癖のある黒髪は、確かに海賊スタイルが似合いそうだ。

「もしかして元寇の時も？」

「そのときばかりは珍しく一致団結して戦ったって話だ。死んだ者も多かったようだが」

「そうすか……」

――ご先祖様の導きったい。

香織が言っていたのは、そのことなのか。

――俺はただ……仇《かたき》を取りたいだけなのかもしれない。

黒木もそんなことを言っていた。仇とは、やはり元寇での先祖の仇、ということか。

もしかして、黒木はなにか知っていたのではないだろうか。

*

発掘現場に、思いがけない来客があったのは、週末のことだった。

調査船が係留されている殿《との》ノ浦《うら》港に着いた無量を待っていたのは、見覚えのある顔だった。フェリーの客かと思ったがちがう。青年は調査船が横付けされた桟橋で、入江の向こうを眺めて佇《たたず》んでいる。

無量はあと少しで腰を抜かすところだった。

「し……忍《しのぶ》? うそだろ?」

「おはよう。無量」

と、爽《さわ》やかに答える。

相良《さがら》忍だった。

今日、見学者がいる、ということは、内海から事前に聞いていたけれど、まさかそれが忍だとは一言も聞いていないし、忍からも知らせてこなかったので、無量は狐につままれた気分だ。

忍はいつものスーツ姿ではなく、Tシャツに夏らしいハーフパンツを穿《は》いていて、救命胴衣をつけている。

「また一段と焼けたな、無量。海の男っぽくて、たくましいじゃないか。ははは」

「ははは、じゃない！　おまえ、なんでいつも一言連絡してこないの」

そんな無量を尻目《しりめ》に、忍は潜水チームのメンバーと挨拶《あいさつ》を交わし始めてしまう。

「初めまして。亀石《かめいし》発掘派遣事務所の相良忍です」

「ダイバーチーム責任者の司波です」

「うちの西原がお世話になっています」

目の前でそつなく挨拶を交わされて、無量はたまらず割って入った。

「おまえなんなの。来るなら来るで一言言ってよ」

抗議を笑顔で受け流して、忍は言った。

「サプライズでなきゃ面白くないだろ」

「おまえ釜山《プサン》にいたんじゃないの？」

文化交流シンポジウムに参加している、と萌絵《もえ》からは聞いている。

「いや。鷹島でいま元寇船の調査発掘をしていると言ったら、是非見学したいと、海外の学芸員から申し出があってね。今日はそのエスコートだ。こちらへどうぞ、ミスターケリー」

フェリーターミナルのほうからやってきたのは、長身の欧米人だ。スーツの上着を小脇に抱えて、金髪を後ろになでつけた甘いマスクの男前だ。面長の顔立ちにティアドロップ型のサングラスがよく似合う。

あれ？　と無量は思った。以前どこかで会ったような気がしたからだ。

「はじめまして。シカゴにあるイリノイ考古博物館で学芸員をしています、ジム・ケリーです」

大きな手で握手を求めてくる。無量が少しだけ手を差し出すと、奪うように力強く手を握られた。アメリカ人らしいおおらかな手だった。

「ジャパン・スペシャルチームとのことで非常に興味がありマス。楽しみデス」

英語訛《なま》りの流ちょうな日本語で返してくる。「はあ」と答えながら、無量は圧倒され気味だ。

「ケリー氏はミシガン湖で見つかった湖底遺跡の水中発掘を計画していて、色々と参考にしたいそうだ。邪魔にならないよう気をつけるから」

「おう、無量。見学者ゆーのは、そのひとたちか」

そこへ広大も到着した。彼のことは忍も無量から聞いて知っている。

「君が東尾《ひがしお》広大くんだね。無量とバディ組んでるっていう」

「せや。こいつのバディや。――おい、無量。このひと、誰？」

紹介すると、広大は目を丸くした。

「一緒に住んどるゆー幼なじみってこのひとか。こんなとこでなにしてはるんすか」

「はは。お客さんのアテンドさ。よろしく」

調査船はいつものメンバーと見学者二名を乗せて、発掘現場のある海域に出発した。

黒木は昨日のことは一言も口にしない。作業に集中していて、おいそれと声もかけられない雰囲気だ。

「え？　ケリーさんも潜るんですか」

「ハイ。参考までに一緒に潜って作業を見させてもらいマス」

ダイビング経験はあるという。忍は船上で待っている。無量と広大が潜ると、ケリーも後から追いかけてきた。そして邪魔をしないよう注意しながら、作業の様子を見学している。時折、水中カメラを回して記録もとっていた。

やっぱりどこかで会ったことがある。無量は記憶をたぐるが、思い出せない。アメリカにいた時に会ったのだろうか。恐竜化石の発掘の時か？

作業を終えると、一足先にケリーは船に戻っていた。

「いやあ、素晴らしい手際ですね。しかも丁寧で正確だ。日本の発掘者は、噂に聞いたとおり、みなさんレベルが高いです」

などと興奮した様子でべた褒めしている。

「この技術をぜひ、ミシガンの発掘にも生かしたいです」

そんなケリーをみて、広大は肩をすくめた。

「相変わらずアメリカ人は声でかいのう。確かにあっちの沈船発掘は、メシといっしょで大味でおおざっぱやからなあ」

「おまえさ、あのひととどっかで会ったことある？」

「いや」

「俺、どっかで会った覚えがあるんだけど」

「はあ？　気のせいやろ。ガイジンは似たようなの、ぎょうさんおるからなあ」

「名前も、どっかで聞いたような」

「ジム・ケリーなんて、どこにでもいそうやん」

広大はへらっと笑って、タンクをおろした。そして相変わらず「メシメシ」と騒がしい。そこへ忍がやってきた。

「お疲れ。水中でおまえの作業を見られないのは、残念だよ」

「ほんと。せっかく、俺のかっこいいとこ見せたいのに」

「はは。差し入れのスイカを冷やしておいたよ。食べてくれ」

忍が現場にいるのは珍しいので、無量もわけもなく張り切ってしまった。おかげで作業もはかどった。一緒に昼食をとりながら、無量は遺物紛失事件を忍に打ち明けた。

「盗まれたかもしれない？　面倒なことになったな」

ああ、と無量は弁当をかきこみながら、溜息《ためいき》をついた。

「どうもあのハンとかいう奴と黒木さんの間になにかあるように思えて仕方ない。黒木さんは何も言ってくれないけど」

と左舷《さげん》側でケリーにレクチャーしている黒木の背中をそっと眺めた。忍もランチボックスのハムカツサンドにかみつきながら、

「高麗の王、忠烈王の刀剣……か。少し調べてみるよ」

「そうしてくれる？」

「ほんとなら一緒に調べて回りたいところだけど、ケリー氏のアテンドがあるからなあ」

一週間ほどかけて太宰府《だざいふ》などの史跡や壱岐《いき》にある長崎県の埋蔵文化財センターなどをガイドしなければならないという。

「同行はできないが、なにかわかったら知らせるよ。あとハンとかいう人のこともね」

「調べられんの？」

「トレジャーハンターに詳しいひとに訊《き》いてみる。おまえこそ、あまり深入りはするなよ。相手は犯罪者かもしれないなら尚更《なおさら》、危ないと感じたら迷わず警察の手を借りるんだ。いいな」

うん、と無量がうなずいた。すると広大がやってきて、

「なんやねん、おまえ。なんでそないにくっついて座んねん」

「ガキのころから、俺らはこーなの」

「鳥のつがいか。おまえがそないに人と仲良くしとんの、初めて見たわ」

「悪いか」

「ふん」

どうも広大は、無量が自分以外の人間と親しくしていると機嫌が悪くなるようだ。

そこに差し入れのスイカがきれいに切られて振る舞われた。

「おい、なに拗《す》ねてんだよ。広大。早く来ないと喰《く》っちまうぞ！」

「いらないし」

「なにかっこつけてんだよ、いつもひとの分まで喰うくせに。ほら喰え」

「ごふ、ちょ……っ、無理矢理喰わすな、あほ」

じゃれあう子犬のようなふたりを見て、忍は驚いた。無量がこんなふうに積極的に絡んでいける相手も珍しい。萌絵が見たら目を剝《む》きそうだ。忍はつい和んでしまった。が、ほどなく笑みを消して肩越しに黒木を見た。正確には黒木の隣にいるケリーを見た。ケリーは陽気そうに振る舞っている。

だが一瞬だけこちらを見ると、含みのある笑みを浮かべた。

忍は鋭い目つきになった。

＊

船上見学は、その日だけで終わった。

忍は名残惜しそうに鷹島を後にしていった。

久しぶりの再会は短かったが、ちょっといつもとちがう発掘現場を見てもらえたのは、無量にも嬉《うれ》しいことだった。遺物紛失でピリピリしていたので、なおさらだ。

ケリーという米国人学芸員も、成果に満足して帰っていった。向こうも無量と面識があるような言動は見られなかったから、やはり知人の類《たぐ》いではないようだが、どこかで会った感じだけは、ずっとぬぐえずにいる。

「……それに、あの名前」

なにかで聞いたような。

翌日は調査も休みだ。遺物探しは引き続き、自分たちでするしかない。もう一度、聞き込みをするべく、段取りを整えた。

一方、黒木は、出かける用事があると言って朝から出ていった。実家に顔を出しにいくんだろう、と司波が言った。黒木がいないので無量は単独で動くしかない。

食堂にいた広大に声をかけた。

「今日、暇かよ」

「あー？　暇だけど」

「ちょっとつきあっ……」

と言いかけた無量の目が、テレビ画面に張り付いた。

朝の地方版ニュースをやっているところだった。

「どうした？」

「いや……。あれ」

事件のニュースだ。昨日、松浦の港の近くで男性の遺体が発見されたという。その身元が判明したとアナウンサーが読み上げている。

画面のキャプションに出ていた名前を見て、無量は凍りついた。

「うそだろ……」

名前は〝サミュエル・ハン〟とある。顔写真も映し出されている。

まちがいない。あの時のダイバーだ。

黒木の知人のトレジャーハンターだった。

そのハンの遺体が海に浮かんでいるのが見つかったという。

「……あの男が、死んだ……」

遺物紛失事件は、にわかに不穏な気配を漂わせ始めていた。

第三章　トレジャーハンターの死

サミュエル・ハンの遺体が、松浦《まつうら》の港であがった——。

新聞記事によれば、遺体があがったのは、昨日の朝のことだった。サミュエル・ハンは通称で、本名は范文平《ハンウェンピン》という。中国系アメリカ人だった。

無量《むりょう》たちがハンに会った翌朝だ。溺死《できし》とみられる。所持品から身元が判明したようだが、海に落ちたのが事故なのか、それとも別の理由なのかは、まだわからない。警察は、事故と事件の両面から捜査中とのことだ。

「ハンが死んだだって……？」

司波《しば》も絶句した。つい一昨日《おととい》会ったばかりの男が急死するという、ショッキングな知らせに、無量も困惑を隠せなかった。

「黒木《くろき》は知ってるのか」

「さっき電話したんすけど、留守電になってるみたいで。でも新聞にも載ってたから、気づいてるかも」

「そうか……」

「俺らが会った翌朝ってのが気になるんすけど、警察に言ったほうがいいんすかね」

「最後に会ったのがおまえたちだってんなら証言しにいったほうがいいと思うが、向こうには同伴者がいたんだろ？　だったら問題はないと思うが」

妻らしき女もいたし、乗組員もいた。無量たちが会ったこととハンの死因とに、直接の接点がないのは明らかだ。船を係留していたから、船から誤って転落したとか、酔って海に落ちたとか、原因はいくらでも考えられる。単なる偶然だろうが――。

「けど、どうします。もしハンが遺物を横取りした犯人だとしたら」

「相手が死んでしまっては、追及することもできんしなあ」

「………」

「どうした？　なにか気になることでも？」

いえ、と無量は言葉を濁した。司波にはとても言えなかった。

――もしあいつが盗難したんだとしたら、警察に訴えてでも取り返さないとな。

黒木の言葉だ。ハンを疑っていた。ふたりは同じトレジャーハンターだ。

もしかして、黒木がなにか事情を知っているのではないか。

そんな疑念が頭をよぎったのだ。

が、すぐに頭から打ち払った。そんなわけはない。黒木はあの後、一緒に鷹島《たかしま》に戻ってきたし、ハンが死んだと推定される時間は宿舎にいた。対岸の松浦にいたと思われるハンとは接点がない。思い過ごしだ。

「おーい。無量、まだ出かけんのかー」

待ちくたびれた広大《こうだい》が声をかけてきた。ふたりで遺物捜索の聞き込みをする約束をしていたのだ。ロビーのテレビで高校野球を見ていた広大は、子供のように急かしてきた。

「車出すんなら、誰かに借りんと」

広大にはハンの話をしていない。まして黒木の知り合いであることも。

「あー、タッチの差や。シャカさんに乗ってかれてもーたか……」

外に出ると、停めていた車が三台とも全部出払ってしまっている。自家用車で来ていたのは司波と緑川《みどりかわ》と赤崎《あかざき》の三人で、出かける時は必要に応じて車を借りていたのだが、今日は緑川と赤崎が車で出かけていて、司波の車も黒木に貸したという。

「おとといの夜もコンビニ行こ思たら、先越されるし」

「おととい？」

無量と黒木がハンに会いにいった夜だ。その日は、司波と赤崎らがそれぞれ会合で出かけていて、緑川の車が一台だけ残っていた。その一台を借りて、黒木と無量は対岸の松浦まで聞き込みに出かけたのだが。

「それ、俺が黒木さんと出かけてた時の話だろ？」

「ちゃう。おまえたちが帰ってきてからや」

「そのあと、誰か出かけた？」

「出かけたから、車もなかったんやろ」

「誰が？」

さあ、と広大は首をかしげる。その時宿舎にいたのは、自分たちふたりと緑川と黒木だけだった。なかなか帰ってこないので、広大は結局、出かけるのをあきらめたという。

「なんや？　変な顔しよって」

「……おとといの夜なら、緑川さんはずっと宿舎にいた。ロビーでずっとサッカーの試合見てた」

となると夜中に出かけたのは、黒木？　ハンのもとから帰ってきて、その後、また出かけていったと？　一体どこへ？

心の中にもやもやと疑念が膨らんでいく。思い過ごしならばいいのだが、もし、そうでなかったら。

黒木があの夜、ハンにもう一度、会いに行っていたとしたら――。

*

唐津《からつ》の街は、夏休みとあって人出も多かった。

青い空に入道雲が湧き立っている。海水浴場に行く子供連れの姿も多く見られる。唐津湾を背にした、白い天守閣が、この街のシンボルだ。

「いやあ、日本の夏がこんなに蒸し暑いとは……。同じ島国でもハワイとは大違いだなあ」

唐津城をサングラス越しに見て、ジム・ケリーは扇子でしきりに胸元を扇《あお》いだ。

松林があるので多少は日陰になっているが、焼けたアスファルトの照り返しがきつい。

「なにもこんな真夏に調査をやることもなかったんじゃないのか……？」

「日本では九月に入ると台風シーズンになるから、水中発掘は今のうちにやっておいたほうがいいんですよ。ミスターケリー」

相良忍《さがらしのぶ》がそう言って、自動販売機で買った清涼飲料水を渡した。

「蒙古《もうこ》軍の船もそれで沈んだくらいですから」

「もうミスターはいいよ、サガラ……」

「なら、いつものように呼べばいいかい？　JK」

ジム・ケリーは、緩くウェーブのかかった金髪をかきあげて、ペットボトルを一気に飲み干した。

「ジャパニーズ・タイフーン。カミカゼってやつだな」

ふたりが訪れたのは、唐津城にほど近いところにある旧高取《たかとり》邸だ。かつて炭鉱で財を築いた高取伊好《これよし》の邸宅で、重要文化財に指定されている。近代和風建築は、和風を基調としつつ、洋間も併せ持つ。独特の味わいがあり、唐津の観光スポットにもなっていた。

ジム・ケリーの正体は、民間軍事会社のエージェントだ。イリノイ考古博物館の学芸員という肩書きも一応、嘘ではない。在籍はしている。最近は公立施設も民間に運営委託しているところが珍しくないが、彼のいるGRM社もそれに当てはまる。

米国では「軍隊の運営」まで民間が肩代わりしている。

補給も訓練も、戦闘まで、いまや外注されるものになっているのだ。

GRM社もそのひとつで、ケリーが所属するのはコンサルタント部門だ。

紛争地域で起こる様々な問題にあたっており、テロ組織対策や文化遺産保護にも関わっている。紛争解決のための人材を広い分野から求めていて、少し前から西原《さいばら》無量にも関心を持っていた。学芸員の顔も持つケリーは「水中発掘の見学」を口実に、無量の仕事ぶりを直接視察に来たところだ。

唐津湾に面した高取邸は、目の前に浜辺があり、松林には蝉の声が賑《にぎ》やかだ。

入場券を買って中に入ると、空気が一瞬ひんやりと感じた。とはいえ、エアコンもないので、すぐにじわじわと暑くなる。受付でうちわを借り、邸内を見学した。

「近代和風建築か、面白いね。和と洋が出会った、まさに明治の日本という感じだ」

かつて大学で建築史も学んだというJKは、興味深そうに、杉戸に描かれた絵と欄間《らんま》の透かし彫りを覗《のぞ》き込んだ。

「日本びいきだとは聞いてましたけど、ちゃんと学んでたんですね」

「ああ、神社も寺も城も大好きだし、渋谷《しぶや》の女の子も大好きだ」

なかなかの遊び人とみえる。少々はだけた胸元から覗く胸毛もいやみがなく、ハリウッド俳優のような色気がある。よく鍛えた肉体は、研究者というよりも消防士でもやっているほうが似合いそうだ。

「昨日はようやく〈革手袋《レザーグラブ》〉の仕事ぶりもこの目で見ることができたしね」

「………。無量は気づいたかな」

ジム・ケリーことJKと無量は、実は陸前高田《りくぜんたかた》の寺で一瞬だけ、すれ違っている。本当にすれ違っただけで、名乗るどころか会話もなかったから、無量がいくら人や物の特徴を捉《とら》えるのが得意とはいえ、覚えていられるとも思えない。

JKが鷹島を訪れた本当の目的は、水中発掘ではない。無量だ。西原無量の「発掘作業」ぶりをその目で「審査」するためだった。

「君を監視につかせてから、一年だ。いい加減〈革手袋〉についての判断を下せ、と上からもせっつかれているんだがね」

「判断とは」

「とぼけるなよ。不自然な発掘者《アンナチュラル・ディガー》は、本物か。それとも紛《まが》い物かだ」

「遺物の発見は、彼自身の発掘勘によるものです」

「聞き飽きたよ、サガラ。ではなぜ、彼を連れてくることに同意しない？　このままでは、君を担当から外すことになるよ」

忍はあからさまに眉《まゆ》をひそめた。それは困る。おおいに困る。JKはブルートパーズのような瞳《ひとみ》を眩《まぶ》しそうに細め、答えを待たず、階段をあがっていく。二階の窓からは松の庭が望め、向こうには浜辺が広がっている。

「復興発掘を口実に待っていてやったが、もう十分貢献したはずだ。国境線の遺跡がテロ組織に破壊されないうちに、早く掘り出さないと」

「あなたがたが無量をほしがるのは、本当に遺物を掘るためだけですか」

忍は、注意深く問いかける。

「本当に〝それ〟だけなんですか」

JKは、扇子で胸元をあおいでいる。答えをはぐらかして一階の広間へとおりてくると、大仰に声をあげた。

「これは驚いた。広間かと思ったら能舞台じゃないか！」

座敷の一角が板敷きになっていて、正面には松の描かれた鏡板が据えられている。ステージのような段差こそないが、襖《ふすま》を取り払うだけで能舞台に早変わりできる。板敷きの下にはちゃんと音響装置の壺《つぼ》を置いて、音がよく響くようにしてあるという。能楽師を招いたり、当主自ら舞って客に披露したりもしたそうだ。

「アメージング！　家の中に能舞台があるなんて最高にクールだ」

JKはひとしきりはしゃいでいたが、忍がいっこうに冷たい表情を変えないとわかると、不意に能面をつけたかのような無表情に戻って、言った。

「……君はあくまでも我がGRM社のリクルーターだ。契約は守ってもらわないと」

「あなたの判断はどうなんです」

「彼は、いい発掘師だ。昨日の水中発掘の手際もそんじょそこらのトレジャーハンターより優れていた。あとは、右手のからくりだけ解明できれば、すぐにでも我が社の即戦力にできるよ」

薄い窓ガラス越しに蟬の声が聞こえる。そこだけ暑気を拒んだかのように暗くひんやりとした能舞台の、杉板に描かれた松にも、蟬の声は沁《し》み入るようだった。

「腹をくくれってことですか」

「今度の水中発掘。またしてもハプニングが起きてるそうじゃないか」

遺物紛失の件だ。黒木から聞き出したのだろう。JKは氷山を思わせるアイスブルーの瞳を細め、不遜《ふそん》げに微笑んだ。

「余程、ワケアリの遺物だったんだろうが、これはいいテストになる。GRM社の専属発掘師になれるかどうかの」

むろん、無量本人はあずかり知らぬ話だ。JKは扇子を胸前に差し出すと、腰を落とし、能楽師のようにすり足を始めた。

「〝あら珍しやいかに義経《よしつね》　思いもよらぬ浦浪の〟……」

忍は驚いた。一差しとばかりに舞い始めたのは能の演目のひとつ『船弁慶』だ。能の素養まであるとは……。波間から現れた平知盛《たいらのとももり》の霊が、義経と対峙《たいじ》する場面だ。扇子を小道具の槍《やり》に見立てて、堂に入った舞いっぷりだ。

JKは扇子の先を、忍の鼻先につきつけるとぴたりと止まった。

「……盗んだのは元寇《げんこう》の幽霊かな。トレジャー・ディガーとの対決、楽しみにしてるよ」


旧高取邸の玄関を出たところで、忍のスマホがメールの着信を知らせた。

見ると、無量からだ。文面に目を走らせた忍は、あからさまに険しい表情になった。

「どうしたんだい？　ミスターサガラ」

ハンの死を知らせるメールだった。忍は昨日、無量から一連の経緯を聞いている。ハンというのは海中遺物を盗んだと疑いをかけている渦中の男のことだとわかった。すぐに無量に電話をして経緯を聞いた。ハンの溺死《できし》は事故なのか？　このタイミングで死んだのは偶然なのか、それとも例の遺物が関係しているのか。無量も突然の知らせに困惑している。しかも彼の懸念は別のところにあるようだ。

黒木のことだった。

ハンが死んだ夜、黒木が宿舎にいなかった可能性がある。本人にはまだ確かめていないが、この一件になにか関わっているのではないか。

想像がたくましい無量は、黒木がハンに遺物の返還を求めにいったのではないかと疑っていた。溺死した経緯についてもなにか知っているのでは、と。

「……それは、つまり、事故ではない可能性があると？」

忍の問いに、電話の向こうの無量は言葉を濁してしまう。自分の口からあからさまに言うのは憚《はばか》られるのだろうが、可能性は捨てきれない。

黒木とはまだ話していないという。あの夜の行動も含めて色々と確かめたいが、連絡がつかないらしい。

いずれにせよ、黒木には事情を聴かなければならない。動きがあったら連絡をすると約束して、通話を終えた。

「なにやら物騒な会話だったみたいだが、誰が誰を殺《や》ったって？」

JKはしっかり聞き耳を立てていた。忍は肩をすくめた。

「海中遺物を盗んだかもしれない男が死んだそうですよ」

「死んだ？　殺されたのか」

「まだなんとも。たまたまの事故でしょうが」

「おいおい。面白いことになってきたじゃないか。どこまでトラブルメーカーなんだ、〈革手袋《レザーグラブ》〉は」

不謹慎にもJKは目を輝かせている。訳知り顔で言った。

「サミュエル・ハン……。米国のトレジャーハンターだ。例のコルドとの繋《つな》がりも疑われている」

「なんですって」

国際窃盗団だ。文化財を横流ししてテロ組織の資金源にしていると言われている。中東のテロ組織対策も仕事のうちであるGRM社でも、動向を逐一注視している集団だ。

「なるほど……。コルドがらみなら殺人事件に至ったとしてもちっとも変じゃない。少し探ってみたほうがよさそうですね」

遺物盗難については、まだ何も証拠はない。だが、発掘中にうろついていた不審なダイバーがハンであった可能性は高い。キーワードは「忠烈王の刀剣」だ。初めからそれを狙って潜っていたのだとしたら。

「一肌脱ぐつもりかい？　君はまるで〈革手袋《レザーグラブ》〉の騎士《ナイト》だね」

「無量に危害を加えられて困るのは、あなたがたのはずですが」

「その通りだが忘れないでくれたまえ。君はあくまで監視者だ。庇護者《ひご》じゃない」

ふたりは旧高取邸を出て駐車場へと向かった。その入口で忍が思わず立ち止まった。奥に停めてある高級外車に視線がとまったのだ。男女のふたり連れが乗っている。忍はＪＫの腕をひっつかむと、門柱の陰へと乱暴に引きずり込んだ。

「お、おいおい何すんだ」

忍は車内の男女をじっと窺《うかが》っている。男のほうに見覚えがあった。ＪＫも気づいた。

「あれは……鷹島の発掘チームにいたダイバーじゃないか。確か、名前は」

「黒木」

忍は目を瞠《みは》った。

「黒木氏だ……」

漁師を思わせる浅黒い肌と縮れ髪。くっきりとした目鼻立ちは目を惹《ひ》くので、間違いない。左ハンドルの運転席には、三十代くらいの髪の長い女がいる。ふっくらとした唇と大きな黒い瞳、前髪をかきあげた耳元には大ぶりのピアスが揺れている。凜《りん》とした眉が印象的な美女だ。大きく開いた胸元と濃いめの口紅が艶やかだ。

はたから見れば夏休みのデートに来たカップルだが、ふたりの表情に笑顔はない。難しい顔つきで話し込んでいる。

「別れ話でもしているのかな？」

ＪＫが軽口を叩《たた》く横で、忍がスマホを取りだし、物陰からふたりを撮った。

「おい盗撮か、趣味が悪いぞ」

「ちがいます」

忍はすぐに撮った画像を無量に送った。ほどなくして折り返し無量からメールではなく電話がかかってきた。女が誰かは、すぐにわかった。

「……ハンの同伴者だって？」

無量たちが港で見かけた女だ。妻か恋人か愛人か。友人にしては親密な雰囲気だった。

黒木は彼女を見て「エイミ」と口走った。

「ハンの女……？　旦那《だんな》が死んだってのに、こんなところで何してるんだ」

すると、ＪＫまでふたりを盗み撮りしはじめた。

「ひとのこと言えませんね……」

「ちがう。本部に照会する」

黒木と「エイミ」はエンジンをかけたまま、延々と話し込んでいたが、ちらりとも笑わないところを見ると、やはり話題は死亡したハンのことか。そうこうするうちに「エイミ」に電話がかかってきた。しばらく応対してから二人は車を出し、走り去っていった。

「追いかけましょう。急いで！」

忍に急《せ》かされＪＫも車に乗り込んだ。

蝉がまた一段とやかましく鳴き始めた。真夏の日差しが容赦なく照りつけ、白い入道雲が海の向こうに育ち始めている。ふたりの車を追うように、忍も車を出した。

＊

一方その頃、無量は炎天下でひたすら自転車を漕《こ》いでいた。後ろからは広大が悲鳴をあげながら、同じく自転車でついてくる。

「おいい、なにが悲しくてこのクソ暑い中、ママチャリ・サイクリングなんかせなあかんねん。しかもそんなシャカリキに走らんでも……」

無量はムキになってペダルを漕ぎ続ける。黒木への疑いを払拭《ふっしょく》しようとするように。ハンの溺死は偶然に決まっている。自分たちが訪ねていったのはたまたまだ。それがきっかけで死んだなんてありえない。まして黒木が関わっているだなんて。

だが、先程、忍から送られてきた画像。黒木と一緒にいたのはハンといた女だ。

黒木が「エイミ」と呼んだ女。どういう関係なのだろう。「エイミ」と会ったのは、ハンが死んだからか？　それを伝えるため？　本当にそれだけ？

無量は闇雲にペダルを踏む。なくなった遺物捜しの手がかりを得るため、自転車を借りて出かけた無量たちだった。広大は文句を言いながらもついてくる。

無量が向かったのは「道の駅」だった。

鷹島肥前《ひぜん》大橋のたもとにあり、鷹島の玄関口にあたる。その横に自転車を置き、建物に入ると、名物の養殖フグを模したオブジェが並んでいる。

エアコンの涼風が汗だくの体を心地よく冷やした。

たまらずペットボトルをがぶ飲みしている広大を尻目《しりめ》に、無量は店員に話しかけている。目指す相手は食堂の厨房《ちゅうぼう》にいた。

「あら。君は確か、ジンくんの同僚さんやったね」

そこにいたのは、香織《かおり》だ。黒木の昔なじみだという地元の女性だった。フェリーでの会話で「道の駅でパートをしている」と小耳に挟み、わざわざ訪ねてきたところだった。

香織の仕事が終わるまで待ち、隅のテーブルで話を聞くことになった。

「へえ。松浦《まつら》党のことを調べとーと？　学生さんやったと？」

嘘も方便だ。隣から広大が物言いたげにしていたが、視線で黙らせて、香織の話に耳を傾けた。

黒木の母方の実家のある集落全てが、先祖は松浦党の武士で、船を駆使して活躍し、源平の合戦にも加わったという。鷹島では上陸してきた蒙古軍と戦って生き残り、その後も、対岸にある今福《いまふく》松浦党の下で働いていたという。

「実家の近くに『対馬《つしま》様のお墓』っていうとがあってね。対馬小太郎《こたろう》。対馬のお殿様の家臣やった人」

元寇によって最初に攻め込まれたのは、朝鮮半島と九州の間にある、対馬だった。

対馬小太郎は対馬国の守護代、宗助国《そうすけくに》の家臣だった。二度目の弘安《こうあん》の役では、日本の武将・少弐景資《しょうにかげすけ》の配下としてこの鷹島で奮戦したが、深手を負って自刃したという。

「うちの先祖は、その対馬様と一緒に戦ったとよ。しかもジンくん家《ち》には、対馬様から拝領した立派な刀があるとって」

「刀……ですか」

「いまはどこかのお寺に預けとる、ゆーたかな」

香織も見たことはないという。

「対馬のひとからもらった刀ですか。高麗《こうらい》ではなく？」

横から広大がどついてきた。

「なに言い出すねん。高麗ゆーたら攻めてきたほうやないか」

「高麗の王様と黒木家には、なにか関係があったということは？」

「黒木家？　……あ、それはジン君の父方。母方だから金原《きんばる》家になるとけど」

「きんばる……。なら、その金原家とは」

なおも食い下がった無量に香織は苦笑いをした。

「ごめんね。歴史には詳しくなかとよ」

「すいません」

「歴史っていえば、ジンくんのお祖母《ばあ》さんは地元史の研究家やったとよ。ちょっと有名な」

これも無量には初耳だった。黒木の祖母が郷土史家だったとは。

「ずっと前から元寇のことば調べとったばってん、昔から変わった人やったと。元寇では『神風は吹かなかった』なんて言いはって、元寇の話題の取り上げられるたんび、喰《く》ってかかりよったとよ」

女性郷土史家は今でこそ珍しくはないが、当時は……昭和の頃はあまりいなかった。聞けば、学校の先生だったという。歴史好きで、しょっちゅうあちらこちらの神社や旧家を訪ねては、元寇の資料や逸話を集めていたそうだ。

「だけん、それもあっての、事故やったっちゃなかかと……」

「事故？　なんのことですか」

「ジンくんのお兄さん……ゲン兄さん」

黒木との会話に出てきた人物のことだった。

黒木弦《げん》。仁《じん》の十歳上の兄で、黒木家の長男だったという。

「確か、亡くなったって……」

「うん。海でね。神崎《こうざき》の港から少し入江に入ったとこやった」

無量は広大と顔を見合わせた。いままさに水中発掘をやっているあたりではないか。

「潜っとって、潮に負けて引きずりこまれたらしかよ。夜になっても帰ってこんかったけん、近所のひとたちみんなで捜しにいったばってん、翌朝、亡骸《なきがら》の浜に打ち上げられとったと……」

享年十五歳。仁はまだほんの五歳だった。

顔も覚えているか怪しい。残された写真でかろうじてわかるくらいだ。

「でも、その事故がお祖母さんとなにか関係が……？」

「お祖母さんは常々『神風が吹かなかった証拠は海に沈んどる』って言っとったらしかね。ゲン兄さんは、そいば探しとったんじゃなかかって話ったい」

確かに、神崎のある鷹島南岸の海底からは、元寇のものと思われる遺物がよく見つかっていた。漁船の網に引っかかったり、貝ひろいをしていて発見したり、言い伝えからも元寇船が沈んでいるであろうことはわかっていた。

そういえば、と無量は思った。

——神風があったか、なかったか。決定づける証拠になる遺物とか。

黒木がそんなことを口にした。

あれは、祖母の言葉が念頭にあったのではないか。

「……ちなみにその対馬様からもらった刀を預けた寺って、どこかわかりますか？」

「うーん。本家のおじさんなら知っとっとかな。ちょっと待っとって。聞いてみるけん」

香織は親切に親類へと電話をかけてくれたが、あいにく留守だという。わかったら折り返し連絡する、と約束してくれた。

香織と別れ、無量と広大は見晴台から鷹島肥前大橋を見下ろしながら、棒アイスにかじりついた。

「神風は吹かなかった、なんてミョーな説唱えたばあちゃんやな。神風吹かなかったら、どないして四千隻も一晩で沈んだんやって話や」

「黒木さんも、知ってたんだろうか……」

海にかかる大きな橋を、無量はぼんやりと眺めた。

「その証拠が海にあるって話」

「そりゃ、ばあちゃんがそないなひとやったら、聞いとるんちゃうか」

広大が棒アイスの最後のひと口にかぶりついた。無量はぼんやりと遠い目をしながら、

「対馬様からもらった刀が家宝……か」

黒木が元寇に縁深い家の出身であることと、今度の件は、何か関わりがあるのか、全くないのか。無量は黒木の言動を思い出しながら、携帯電話を見た。黒木からの連絡はまだない。

「雲出てきたなあ……。夕立くるんちゃうか」

ふたりは宿舎に戻るため、再び自転車にまたがった。

広大の予想はあたった。自転車を漕ぎ出して五分もしないうちに、辺りが暗くなってきた。分厚い黒い雲がいつのまにか頭上を覆い始めている。

「こりゃ降るで。はよ帰らんと」

必死に坂道を登ろうと漕《こ》いでいた。その時だった。

背後から奇妙な気配を感じて、無量が後ろを振り返った。すると、ふたりの後をワゴン車が同じ速さでついてくる。坂道でスピードの出ない無量たちの、少し後ろをぴったりついてくる。いくらでも追い越せそうなのに、いっこうに追い抜こうとしない。

広大も気づいた。車を運転しているのは、キャップを目深にかぶってサングラスをかけマスクをはめた若い男だった。無量たちは端に寄り「追い越せ」とジェスチャーを送るが、車はまるで伴走車のようについてくる。

「なんなんや。あれ。気味悪いな」

「広大、次んとこ、左に入れ」

ふたりは細道に折れた。神崎港へと降りていく道だ。やはりついてくる。いよいよ気味が悪い。業を煮やした広大と無量は道ばたで止まった。車はすーっと追い越していったが、港で引き返してきたのか、また後から追いかけてくる。

「キモ！　なんなんや！」

　ふたりはシャカリキに漕いで撒《ま》こうとするが、急に止まって先に行かせても、今度はその先で止まって待っている。

「変質者かいな……！」

　その時だ。無量の携帯電話が鳴り始めた。知らない番号からだ。

　広大とも顔を見合わせ、警戒しながら、無量は通話ボタンを押した。

「もしもし？」

『例のブツはどこだ』

　若い男の声だった。名乗りもせず、いきなり問いかけられた。無量は真顔になり、ちらり、と前に止まっているワゴン車を見た。

「あんた、俺らの前に止まってるストーカー？」

『チュンニョルワンの遺物は』

　無量は押し黙った。

「……………。あいにくだけど、そんなもん知らないよ」

『ハンから奪ったことはわかっているんだぞ』

「ハンってひとが持ってたの？　見たことないんだけど、それどういう遺物？　わかるように説明してよ。じゃないと警察に電話するよ」

『明日《あした》の夜、取りに行く。さもないと、君たちのうちの誰かが気の毒な目に遭う。ただの脅しじゃないことを証明する。いいな』

それだけ言うと、電話は一方的に切れた。そしてストーカー車も走り去っていく。やはり今の電話はあの車の運転手だったらしい。

「念のため、ナンバー撮っといたで」

広大が機転を利かせてスマホの画面をこちらに見せた。「わ」ナンバーのレンタカーだ。いざというときは警察に差し出せばレンタカー会社を通じて身元が割れる。

「あいつ、なんやて？」

「チュンニョルワンの遺物を渡せって言われた」

「……なんやそれ」

──たとえば……チュンニョルワンの剣、とか
ハンが言っていた刀剣のことだ。無量たちが「ハンから」「奪った」と今の男は疑っていた。つまりハンの手元にあったという前提だ。無量たちがそれを奪う理由があるとすれば、ひとつしかない。やはり、消えた海底遺物のことなのか。

盗んだのもハンか？　あれが「忠烈王の剣」……？

「なあ、おまえなにか知っとんか？　そのなんとかの遺物がなんなのか」

「知ってるっつーか、まあ」

ぽつり、と大粒の雨が額に落ちてきた。それを皮切りに、あっというまにアスファルトが、次々と落ちてくる雨粒の染みで埋め尽くされていく。本降りになった。

「とりあえず戻ろう。宿に戻ったら話すわ」

＊

雨は猛烈な降りになった。

バケツをひっくり返したような豪雨が、窓の向こうの景色を覆い隠していく。時折、爆撃音のような雷がガラス窓を震わせた。ずぶ濡《ぬ》れになって帰ってきた無量と広大は、すぐに着替えてタオルで髪を乾かした。

「高麗の王様の剣？　なんでそないなもんが沈んでるってわかんねん」

「わかんね。でも知ってた」

「おかしいやん。古文書にでも残ってたんか」

「そうだよな。敵の船に何が載ってたかなんて、そもそも日本人が知るわきゃないし。韓国か中国に記録があったとか？」

ああでもないこうでもないと言い合いながら食堂に降りてきたふたりは、司波と内海《うちうみ》の様子がおかしいことに気がついた。ふたりとも血相を変えてどこやらと電話やらメールやらをしている。何かあったのか？　と問うと、

「大変だ。緑川さんが事故に遭って病院に運ばれた」

「なんすかソレ！」

「車であて逃げされたらしい。今から唐津の病院に行ってくる。おまえたちは留守番を

「……」

「一緒にいっていいすか！」

間髪を容《い》れずに無量が言い出した。咄嗟《とっさ》の勘だった。さっきの男の脅し言葉が生々しく耳にこびりついている。

「連れてってください。気になることがあるんです！」

「わけがわからんが、とりあえず、来い！」

慌ただしく飛び出していく。土砂降りの雨の中、唐津の街に向けて出発した。


病院に着く頃には、雨も小降りになっていた。

駆けつけた三人は、受付で一般病棟の病室へと案内された。幸いなことに、緑川は集中治療室に入るような容態ではなく、意識もあり、すでに処置を終えて病室のベッドに横たわっていた。

「すまん……、内海さん、司波さん」

大きな体をすぼめるようにして、しょぼくれている。腰の骨を折る重傷だ。首にはコルセットをつけている。これは痛々しい。

「大丈夫か……」

「ショッピングモールの駐車場から出ようとしたところを後ろからドーンだ。そのまま玉突きになって電柱にツッコんで、フロントがぐしゃぐしゃになった」

「相手の車は」

「逃げた。黒いワゴン車だ。佐賀ナンバーの。えらい目に遭ったよ」

全治三ヶ月とのことだ。当然、潜水作業はもうしばらく無理だ。貴重な戦力がひとり減ってしまうが、調査期間は決められている。

「こっちの心配はしないでいいから、しっかり治してください。一日も早く退院できるように」

そこに薬剤師がやってきた。飲み薬の説明をするという。無量と司波と内海は一旦《いったん》、病室の外に出た。面会室のテーブルを囲んで、対応を話し合うことにした。

「作業が遅れてるから人数は減らしたくないが、今から応援を頼むのはきついかなあ」

「うちの埋文の合田《あいだ》をサポートに入れて、作業時間をできるだけ長く取れるようにしましょう。うまくまわせば、一日三回潜れるかもしれない」

「丸尾《まるお》教授にも問い合わせてみましょう。潜水士で入れるひとがいないか」

そんなふうに司波と内海が戦力の埋め合わせを話し合っている横で、無量が考えているのは、緑川の車に当て逃げした車のことだ。

これは偶然の事故ではないのではないか。さっきの男が言っていた「脅し」なのでは。だとしたら、犯人は無量たちが水中発掘チームのメンバーであることを把握しているとしか思えない。しかも電話番号まで。調べ尽くした上で緑川を狙ってきたのか。

──明日の夜、取りに行く。

応じなければ、他のメンバーも狙ってくるかもしれない。

まずい、と無量は思った。そもそもいくら脅されても、肝心の刀剣は、ない。こちらが捜しているくらいなのだ。一体、何者なのか。あの男は。

そこへ面会室に男がひとり、血相を変えて駆け込んできた。

「黒木……！」

黒木仁だった。司波たちから知らせを受けて、駆けつけてきたのだろう。

「司波さん、緑川さんの容態は！」

無量は思わず立ちあがった。忍のメールによれば、黒木も唐津にいたはずだ。ハンの同伴者だった「エイミ」という女と会っていたと。

「黒木さん、ちょっと」

司波たちと話し途中だった黒木の腕をひっつかんで、無量が無理矢理、部屋の外へと連れ出した。

「お、おい……なんだ、無量。はなせ」

ぐいぐいと腕を引っ張って廊下の端へと連れていく。非常口の前まで来たところで、無量はやっと黒木を振り返った。

「どういうことすか」

え？　と黒木は聞き返す。無量は苛立《いらだ》ち混じりに、

「一緒にいたハンの女はなんなんすか。どういうことなんすか！　脅してきた奴は、黒

木さんがあの刀剣を持ってると思い込んでる。あの夜、ハンに会ったんですか！」

黒木はぽかんとしている。事情も把握していないところにいきなり畳みかけられて、困惑したのだろう。

「いきなり何言ってるんだ。脅しってのはなんのことだ」

「チュンニョルワンの剣のことです。引き渡せって脅してきたんです。あれは誰なんですか。ハンが死んだのもあの刀のせいなんすか！」

「しっ。声が大きい」

黒木は無量の口をふさぎ、肩を摑《つか》んで、顔の高さを合わせてきた。

「いいから落ち着いて一から説明しろ。俺がいない間に何があった」

無量は今朝からのめまぐるしい出来事を余すところなく話した。黒木は神妙な顔で聞いていたが、やがて、あたりを見回し始めた。フロアには看護師が慌ただしく行き交っている。落ち着いた場所で話そう、とエレベーターに乗り込んだ。

一階のロビーは、外来患者もおらず、人気《ひとけ》も少なかった。長いすに腰掛けて、黒木は話し始めた。

「ハンが死んだこと、何で知った？」

「ニュースでやってました。すぐにわかった。司波さんが名前知ってたんで」

「司波さんか……」

「ハンが死んだ夜、黒木さん、どこ行ってたんすか。夜中の二時頃に帰ってきたって司波さん言ってました。そんな遅い時間までどこ行ってたんすか」

「おいおい。俺を疑ってんのか？　俺が遺物を取り返すためにハンを殺したとでも？」

無量は硬い表情を崩さない。黒木は真顔でじっと見つめ返してくる。

「……だとしても軽率だぞ。殺人容疑者をじかに問いただすなんて。俺が犯人だったら、黙って聞いたあと、おまえを消してる」

顔を引きつらせる無量を見て、黒木は苦笑いを浮かべた。

「確かにハンには会いに行った。奴のクルーザーがいる港の波止場に呼び出した。ハンが遺物を持ち去った張本人なのは間違いない。どこかに売りさばかれる前に説得して持ち帰るつもりだった。すると奴はあろうことか、取引を持ちかけてきた。俺が金で買い取るなら、引き渡してもいい、と」

「！　……なら、やっぱり遺物を持ち去ったのは」

「あいつらだ。ひとが見つけたもんを横取りしておいて金で買い取れなんて、理不尽な話だ。そうまでする金も理由もないから、交渉は決裂した。手ぶらで帰ってきた」

それが最後に見たハンの姿だった。

翌朝、ハンが遺体で見つかったと黒木に知らせてきたのは、エイミだった。

発見者も彼女だった。朝起きてハンがいないことに気づき、辺りを捜し回って遺体を発見したという。

「エイミはハンが出ていったのも知らなかったから、理屈から言うと、俺がハンと会った最後の人間ってことになる。警察に真っ先に疑われるのも俺だってことだな」

「警察には言ったんですか」

「いや。まだだ。正直困ってる」

「エイミって人は、ハンのなんなんですか」

「妻だ」

黒木は両手を膝《ひざ》の上で組んで少し猫背気味になった。

「そして俺の、昔の恋人だ」

無量は驚いて思わず姿勢を正した。

「元カノだったんすか」

「別れてから、もう五年になる。財団で、沈船から引き揚げた遺物の管理部門にいた。ハワイ出身の日系人だ。まさかハンの女になってたとはな」

元恋人が元同僚の妻になっていたことが、少なからず堪《こた》えているのか。黒木は憂鬱《ゆううつ》そうにため息をついた。

「まあ、俺みたいな水中で遺物を掘るしか能がない男よりも、金儲《かねもう》けの才覚もある男のほうが旦那《だんな》にはふさわしかったんだろう。情けない話さ」

「じゃあ、今日唐津で会ってたっていうのは」

「エイミに呼び出された。異国で旦那が急死して動揺している、心細いから力になってくれと言われた。こっちも持ってかれた遺物を返してもらわなきゃならない。断れなかった」

結局、ハンは「黒木と会ったあと、クルーザーに戻ろうとして誤って海に落ち、そのまま溺死《できし》した」……。そういう経緯のようだ。つまり事件性はなかったということか。でも、と無量は疑問に思う。いくら夜だったとはいえ、プロの潜水士が簡単に溺《おぼ》れたりするだろうか。

「だいぶ酔ってたからな。吞《の》んで海に落ちりゃ潜水士でも溺れるよ」

無量は少し安堵《あんど》した。てっきり黒木がハンと口論にでもなって、思わず海に突き落としたのではないか、などと思っていたからだ。

「……それで遺物はどうなったんです」

「エイミは遺物のありかを知らなかった。ハンの船には本当にないようだ。彼女も、遺物の横取りを快くは思ってなかったから、俺たちの捜索に協力するとは言ってるが」

「一緒にいた男は？」

クルーザーにはもうひとり、若い男がいた。中国系アメリカ人だというその男は、チョウ・ミンファ。ハンの部下で潜水士だという。

「そのチョウと連絡がつかない」

まさか、と無量は黒木を見た。黒木は眉間《みけん》に縦皺《たてじわ》を刻んで、うなずいた。

「チョウが持ち去ったのかもしれない」

「横取りした遺物を……？　まさかハンが死んだのも」

黒木は何も言わないが、険しい表情で、同じ疑いを抱いている。すなわち――。

チョウがハンを殺して、遺物を持ち去ったのではないか。

「なんなんですか。あの遺物は。そうまでして手に入れなきゃならない理由って、なんなんですか。チュンニョルワンの剣には何があるんすか」

無量は興奮して畳みかけた。

「黒木さん、なにか知ってるんでしょ？　教えてくださいよ。ハンは最初からそれを狙ってたんすよね。それが沈んでること、知ってたんでしょ？」

「……。おそらくな」

「なんで」

「去年、韓国のとある博物館で、高麗時代の古文書が公開された」

黒木は長いまつげを伏せて、指と指を組んだ手元をじっと凝視しながら、語り始めた。

「高麗王朝にゆかりの深い旧家から発見されたその古文書には、元寇のエピソードが記されていたそうだ」

元軍側から見た元寇（東征）の記述は、高麗の滅亡後に編纂《へんさん》された史書『高麗史』などに見られるが、それもリアルタイムに記されたものではない。が、近年発見されたその古文書は、どうも高麗王朝時代真っ只中に書かれた記録であったようなのだ。

「弘安の役の話だ。第二次東征のために出発する船軍を見送るため、忠烈王が合浦《がっぽ》を訪れた時、高麗軍の元帥・金方慶《キムバンギョン》に、忠烈王自らが刀を与えた、と記されていた」

「高麗軍に……」

「それが〝忠烈王の剣〟だ。貴石を埋め込んだ金細工の柄《つか》と、漆鞘《うるしざや》に包まれた刀剣だったとされている」

無量は息を呑んだ。その特徴は黒木と無量が見つけたあの遺物とそっくりだったのだ。

「その古文書は……本物なんですか」

「俺も、この目で見たわけじゃないから、なんとも言えんが」

と前置きして、黒木は言った。

「遺物の形状に関する信憑《しんぴょう》性については、その古文書を記した人物が鍵《かぎ》になる」

「誰なんです」

「金方慶《キムバンギョン》本人だ」

うっと無量は詰まった。

高麗軍のトップ自らが書き記した回想録だというのだ。

「金方慶《キムバンギョン》は神風に遭った鷹島沖から、生きて高麗に戻り、その十九年後に八十九歳で死んだそうだ。金方慶《キムバンギョン》は自らの船を失い、他の船に移って戻ってきたというが、そのとき、忠烈王から授かった東征の節刀（王の名代であることを示す儀式刀）を日本に残してきたと記してる」

「日本に」

「船と一緒に沈んだということのようだ」

つまり、と無量は黒木の横顔を覗《のぞ》き込んだ。

「この鷹島の海に、それが沈んでいると」

「そう解釈して、ハンたちは探し回っていたんだろう」

本物だとすれば、元寇の第一級の証拠品とも言える。状態にもよるが、その素材や形状から見るに、骨董《こっとう》的価値も高いだろう。今まで見つかった兜《かぶと》や矢柄や陶磁器類とは比べものにならない。

「黒木さんは気づいてたんですか。最初に見つけた時」

「頭にはよぎった。本物だったら大変な発見だとは思った。だから司波さんにも早めの引き揚げを提案したんだが」

だが、その前に、ハンたちが先に掘り出してしまった。

ハンのクルーザーには、トレジャーハンティングのための機器が載っている。GPSも音波探査のマルチファンビームも。GPSは海中では効かないが、マーカーブイも浮かせていたし、おおよその場所を把握しておくことは、ハンなら朝飯前だろう。

「しかし、そのハンも引き揚げた遺物を何者かに持って行かれてしまった……。おそらくは部下のチョウに」

「警察に連絡したほうがいいんじゃないすか」

ここまできたら、もう自分たちの手に負える範疇《はんちゅう》ではない。

「もちろん、そのつもりだ。が、その前に俺自身が疑われるかもな」

「証言しますよ。黒木さんは無関係だって」

「警察が納得するといいが……。問題は、今日おまえを脅してきた人間だ」

黒木は真剣な眼差《まなざ》しになって、無量に問いかけた。

「忠烈王の剣を引き渡せ、と言われたんだったな」

「はい。明日《あした》の夜、引き取りに行くって」

「そいつは一体何者なのか」

顔は見たのか？　と聞かれたので、サングラスとマスクで隠されていたと答えると、黒木は顎《あご》に手をかけて考え込んだ。

「そうか……。そいつがハンを殺した犯人だという線もあるな」

「どういうことです」

「剣を狙っている人間が他にもいて、ハンから奪おうとした。チョウはそいつらから剣を守るために、遺物を持って逃げるようハンに指示された……ってことも考えられる」

「つまり、狙っていたのは、二組いたってことですか」

そうだな、と黒木は広い肩で大きく溜息《ためいき》をついた。

「……面倒なことになってきたな」

「もうひとつ気になることがあるんすけど」

「なんだ」

「俺を脅してきた黒ワゴン車の男。なんで俺の携帯番号を知ってたのかってことです」

無量は自分の携帯電話を見せて、言った。

「黒木さんに電話がかかってくるなら、なんとなくわかりますけど、なんで俺のとこなんです？　俺の番号なんて関係者しか知らないはずなのに」

「それに、俺たちが見つけた遺物が金柄の刀剣だったことを、なんでハンは知ったのか」

出土情報は発掘関係者しか知らない。まして発掘中の遺物だ。調査チームの人間か、せいぜい教育委員会の人間だけだろう。

「まさか。発掘チームの中に、そいつらと繋《つな》がってる奴がいる？」

「いやだな……」

黒木も苦虫を嚙《か》みつぶしたような顔になった。

「疑りたくはないが、用心はしておいたほうがいいかもしれん」

いやな展開になってきた。一緒に調査をしている仲間だ。その中にトレジャーハンターに情報をリークしている者がいるだなんて。

「明日からどんな顔で作業すればいいんすか……」

「思い過ごしであることを祈るしかない……。とにかく、チョウの行方については警察にも協力をあおごう。だが、脅してきた奴については」

「どうするんです」

「会ってみる」

黒木は、自分の目で直接、その男を確かめるつもりのようだった。

「こっちが疑われるのは心外だが、このままじゃ、らちが明かない。少し危険を伴うが、そいつと会って、何が起きているのか、聞き出すしかない」

「でも緑川さんを事故らせるような相手ですよ」

「だが逃げるわけにもいかん」

黒木は度胸が据わっている。危険な海を仕事場とする男だけある。自然と闘っている人間らしく、問題解決は自らの手で、というのが信念なのだろう。

「見つけた遺物が本当に〝忠烈王の剣〟かどうかもわからん。もしそうだとしたら元寇の学説にも影響するしな」

「学説も？」

「ああ。高麗軍を含む東路軍《とうろ》が鷹島沖に本当に来たかどうかは、疑問視する研究者もいる。剣が発見されれば、全軍が来ていたという決定的な証拠になる。そいつが判明するかどうかも、俺たちにかかっている。俺たちの仕事は、遺物を取り返すことだ」

力を貸してくれるか、と黒木が問いかけた。

無量は溜息をついた。気乗りはしないが。

「……仕方ないっすね。こっちも、調査報告書に『誰かに持ち逃げされた』なんてみっともないこと、書かれるわけにいかないすから」

「それでこそ宝物発掘師《トレジャー・ディガー》」

黒木は拳《こぶし》を突きつけてきた。

「必ず取り返す。約束だ」

「うっす」

無量は自分の拳を、黒木の拳に軽くぶつけた。これはもう発掘屋の意地だ。深い海底から自分たちを呼んだ遺物を「幻の遺物」にさせるわけにはいかない。

ふたりは鷹島に戻り、黒ワゴン車の男からの連絡を待つことになった。

そんな二人の姿を、物陰から窺《うかが》っている者がいる。

忍だった。

エイミと一緒にいた黒木のあとをつけて病院までたどり着いた。

忍は腕組みをして鋭い目線を送っている。

第四章　黒木仁

翌日の発掘作業は、無量《むりょう》にとって少し憂鬱《ゆううつ》なものになった。

調査船では、一日の休みを挟んで今日も作業が行われている。事故で怪我した緑川《みどりかわ》が欠員となり、ダイバーチームは七人態勢になった。司波《しば》、灰島《はいじま》、白田《しろた》、赤崎《あかざき》、黒木《くろき》、広大《こうだい》、そして無量。これに内海《うちうみ》学芸員と午後からは調査責任者の丸尾《まるお》教授が加わる。

鷹島《たかしま》の南側は、伊万里《いまり》湾に面していて、船の行き来が多い。タンカーなど様々な船の航路になっている。鷹島から対岸の松浦《まつうら》はフェリーで十五分かそこらの距離だ。

一帯はまた、養殖業が盛んで生け簀《いす》も多く、発掘にも気を遣う。漁業関係者にあらかじめ断りを入れなければならず、理解なしには作業もできないのだ。

今日は少し雲が出ていて、普段静かな伊万里湾もやや波が出ていた。低気圧が近づいているというので作業は急ピッチで進んでいる。

「おお、揺れる揺れる」

フェリーが通った後の波がやってきて、調査船は右に左に揺れた。

「湾の中でこれだけ揺れるってことは、外海はかなり荒れてますね」

「調査中に神風が吹くのだけは勘弁だなあ」

伊万里湾は嵐が来てもさほど荒れないので、外洋船が台風をよけるために入ってくることもある。鷹島が湾口に立ちはだかって、良い感じに防波堤になってくれているためだが、それでも元寇《げんこう》の時は、鷹島の陰にいた船が次々と沈んだ。

「相当デカイ台風だったのか。さもなくば旧南宋《なんそう》から来た江南《こうなん》軍の船が、よほどボロ船だったんだろうなあ」

と司波が過ぎていったフェリーを見送って、言った。

「現に高麗《こうらい》軍は七割方は帰ってきてるんだよな」

「えっ。四千隻は全部沈んだんとちゃうんですか」

と広大がタンクをおろしながら、言った。

「いや。高麗の記録では、二万七千の軍勢のうち生還者は二万弱とある」

「かたや江南軍は全滅」

と横から割って入ったのは、元筑紫《つくし》大の白田だった。

「高麗史によれば、〝蛮軍十余万を以て来るに、会々《たまたま》大風に値《あ》い、蛮軍皆溺死《できし》す〟……蛮軍とは江南軍つまり旧南宋の遺民たちの軍だ。大将の范文虎《はんぶんこ》は、かろうじて沈まなかった船を部下たちから奪って帰ってきたというくらいだからね」

相変わらず早口で蘊蓄《うんちく》をまくしたてた白田に、広大は「はあ」と気の抜けた返事をした。

「全滅言いますけど、中には島に泳ぎ着いたり、漂着したりして生き残ったのもいたんとちゃいますか」

「そりゃいただろう」

「そのひとたちはどうなったんですかねえ……」

「どうした無量、元気ないな」

内海が声をかけてきた。無量は我に返り、

「そんなことないすよ」

「潜水バテか？　ちゃんと休めよ」

「はい……」

——発掘チームの中に、ハンたちへ情報を漏らした者がいる。

黒木の言葉が、頭から離れない。

潜水チームは個性豊かだが、ハンたちのようなトレジャーハンターと繋がっている者がいるようには思えない。白田と赤崎はそもそも日本の大学の研究者だし、内海は地元の専門職員で、司波と灰島はむしろ、トレジャーハンター撲滅に力を入れている側の人間だ。

「なんや無量、アイス食いすぎたんちゃうか？」

まさかな、と無量は広大を見て思った。広大は、骨董《こっとう》どころか歴史全般に疎いし、潜水士といっても携わっていたのは港湾工事で、そんな連中とはそもそも接点がない。

じゃあ、誰が？　と無量は思った。

誰がハンにあの遺物が出たことを伝えた？

――それを疑うなら、一番怪しいのは黒木氏じゃないのか？

無量の脳裏に、昨日の忍《しのぶ》の声が甦《よみがえ》った。唐津の病院を出たところで、無量は忍と落ち合った。事情をあらかた聞いた忍は、開口一番、そう言ったのだ。

――おまえまで黒木さんを疑うのかよ、忍。遺物を横取りするような相手に、なんで黒木さんがリークしなきゃなんないんだよ。

――あのエイミという女性は、元恋人だったんだろ？

――そうだけど、黒木さんはあの人がハンといることも知らなかったはずだし。

――知らなかったから、伝えた、ということもある。黒木がそうと知らずにエイミへと伝え、彼女からハンに伝わった。そういうこともありうる。

――なんのために？

――それはわからない。黒木氏もハンに伝わるとは思ってなかったとしたら。

――変だって。大体なんで鷹島で出た遺物のこと、わざわざ元カノに伝える必要があんの。結婚したのだって知らなかったのに。

――無量。

いつになく、忍は厳しい表情で言った。

──今度の件にはなにか裏がある感じがする。おまえを脅してきた黒いワゴン車の男には、連絡がきても会うな。代わりに俺が話をつける。そしておまえは背後関係が明らかになるまで、黒木氏に気を許すな。

忍の口から出た言葉は奇《く》しくも、以前、柳生篤志《やぎゅうあつし》の口から出た言葉と同じだった。

〝相良《さがら》忍には気を許すな〟

頭ごなしに黒木を疑われた反発からか。それまで心の奥へとしまいこみ、蓋《ふた》をしてきた忍への疑念が、唐突にわき上がってくるのを、無量は感じた。

──……どういう意味？　黒木さんがやっぱりハンを殺してたとでも？

──そうじゃない。だが、黒木氏はなにか隠している気がする。言葉通り受け取るのは、まずい感じがするんだ。

──まずいって、なに？　そりゃ元トレジャーハンターだったかもしれないけど、悪いことを企《たくら》むようなひとには、俺には見えない。

──無量、聞いてくれ。サミュエル・ハンの死は、殺人の可能性もある。下手に関われば、おまえの身に危険が及ぶかもしれないんだ。

忍の目は必死だった。そうやって無量から危険を遠ざけようとする忍の用心深さが、その時の無量には煩わしくなってしまった。忍がそうすることの「裏」を勘ぐるのも煩わしかったし、純粋な気持ちからだとしても、それは無量が信頼している相手を疑ってまですることなのか、と強い反発が頭をもたげた。

──黒木さんはそんな人じゃない。俺の目は節穴だとでも？

──なにをそんなに意固地になってるんだ。無量。

──意固地なんかじゃない。ただ……。

無量はうまく言えなくて、口ごもってしまう。

ただ、黒木は少し特別なのだ。年上に対して「こういうふうになってみたい」と素直に思えた男だった。このひとの振る舞いや居方《いかた》を手本にしたい。うまくやれない自分の乗り越え方が、その答えが、黒木という人間性の中に見つけられる気がしたからだ。

だから否定されたくない。とりわけ忍には。

──忍ちゃんにはわからないよ。

うまく言葉にできないと、つい、そんな言葉で突っぱねてしまう。言ったそばから、そういう自分に羞恥心《しゅうち》を覚えている。

──別に黒木氏が悪者だと言ってるわけじゃないよ。

そうやって宥《なだ》められるのも、未熟の証《あかし》のようで、いやだ。

──ただ、今回は人が死……。

──隠し事のひとつやふたつ、誰にでもあるだろ。おまえにだって……！

忍が一瞬、虚を衝《つ》かれたような顔をした。

──おまえにだって、俺に言えないことがあるくせに。

──……無量。

無量は真正面から忍を睨《にら》みつけた。忍は一瞬、動揺したような表情をみせたが、やがて腹を据えたのか、受け止めるように見つめ返してきた。

──無量、聞いてくれ。別に子供扱いしてるわけじゃない。おまえに人を見る目がないと言ってるわけでもない。ただ……。

──だったら、忍ちゃんも本当のこと言う？

無量は黒い瞳《ひとみ》をじっと据わらせて問いかけた。

──俺に本当のこと、言える？

──……。

──〈革手袋《レザーグラブ》〉って、誰のこと？

忍は口を閉じた。

答えは返さず、そのかわりに見つめ返してくる瞳が、不意にスッと冷たくなった、と無量は感じた。能面のような無表情にいつもの親しみはなく、薄暗い眼差《まなざ》しは、ぞっとするほど無味乾燥に見えた。

無量は内心うろたえた。「いつもの忍」の中から突然「知らない忍」が現れたような、そんな不穏な感じがしたからだ。

予想外の変貌《へんぼう》に思わず立ち竦《すく》んでいると、忍がようやく重く口を開いた。

──……わかったよ、無量。なら、ここからは永倉《ながくら》さんと連絡をとるようにしてくれ。俺は俺の考えで行動させてもらう。

それだけ言い残すと、忍は歩き出す。

叱るでも宥めるでもなく、まるで鼻先でシャッターでも閉めるかのような態度だった。

不意に忍から突き放された気がして、無量は内心あせったが、同時に苛立《いらだ》ちも沸き上がってきて、気持ちとは裏腹な言葉が口をついてでた。

──答えられないのかよ……。

──……。

──なんで答えないんだよ。

忍は一瞬、足を止めたが、振り返りもせずに行ってしまった。

それきり朝になっても連絡がない。

憂鬱《ゆううつ》だったのは、そのせいでもある。

忍とは子供の頃はともかく、大人になって再会してからはろくに喧嘩《けんか》らしい喧嘩もしたことがなかったから、こんな時、どうすればいいのか。

「いやいや。あいつから連絡がくるまで、メールもしないし」

と心に決めたが、あのとき突然、目の前に現れた「知らない忍」の横顔が、無量を不安にさせている。

忍は隠し事をしている。

そのことへの漠然とした不安が、無量にあの言葉を言わせた。本当のことを知るのが怖い反面、早く晴らしたい思いもあったから、問いかけたことに後悔はない。

が、少し不用意だったのではないか、今このタイミングではなかったのではないか。

もしかして、萌絵《もえ》が以前、奈良の事件で目撃したのも、さっきの「あの忍」なのだろうか。以前から萌絵が時折、忍に対して見せていた「恐れ」とも「警戒」ともつかぬ言動は「あれ」を知っていたからでは。

無量自身、ずっとその気配だけは感じていたが、正体がわからなかった。できれば認めたくはない「無量の知らない忍」を目の当たりにしてしまったようで、心臓が早鐘を打った。

曖昧《あいまい》なまま、もてあましていた疑惑が、心に根を下ろしたような。

確信に変わったような。

やはり自分は監視されているのか。忍に。

「……なんか、頭ぐちゃぐちゃだ……」

仲間への疑惑だけでもきついのに、忍への疑惑まで蒸し返され、無量は鉛を飲む思いで塞《ふさ》ぎ込んでしまっている。

船の上から空を見上げると、雲まで暗く、海に覆いかぶさっている。こんな日に青空でないことが恨めしい。

そんな気持ちを抱えながらも、作業は進んでいく。

昼時になった。調査船は昼食のため、一旦《いったん》、母港である殿《との》ノ浦《うら》港に戻ってきた。

無量は、萌絵に電話をかけ、一連の出来事を「報告」した。萌絵は今、福岡にいる。中国語が話せることを買われ、九州国立博物館で一昨日行われたシンポジウムで、中国の研究者のアテンドを任されていた。先週はその準備で目が回るほど忙しかったようだから、こちらの「事件」で気を煩わせるのも悪いと思い、今日まであえて報告をせずにいたのだが……。

案の定、絶句されてしまった。挙げ句、叱り飛ばされた。

『つけ回されて脅されたって……！　そんな危ないことになってたのに、なんで早く言わないの！』

「トラブルったって雇用主さんとは直接関係ないし」

『緑川さんは脅しで怪我させられたってことでしょう？　それ司波さんたちにはちゃんと言った？』

無量は萌絵に伝えたことを少し後悔した。今にも仕事を投げ出して駆けつけてきそうな勢いだ。無理もない。無量の場合、よくない前例が多すぎる。

『すぐに内海さんたちに話してよく相談して。勝手な行動は取っちゃだめ。それ上の人に判断してもらう案件だから、自分の判断で動かないで』

「……わかったって」

『その黒ワゴン車の男から連絡きたら、私にも連絡して。絶対に。本当は警察に言ったほうがいいと思うけど』

「それより忍が気にかかる。あんたのほうから連絡とってくんない？」

『相良さんと？　どうしたの？』

経緯を語ると、萌絵は驚いた。

『ケンカ？　西原《さいばら》くんが相良さんと？　またどうして？』

ふたりの仲の良さは折り紙付きだ。無量が多少わがままを言っても、忍がうまく丸め込むパターンが多かったので、萌絵もちょっと困惑していた。無量も、例のＪＫ疑惑についてて問いただしたことまでは口にしなかったが。

『うーん……。その問題の黒木さんがどういう人か、私はわからないけど、信頼してる人疑われたら、ちょっとムキにもなる気持ちはわかるかな』

「信頼ってゆーか……」

と無量は自分を省みた。憧《あこが》れの人を身内から悪く言われたような、そんな居心地の悪さからつい反発してしまったとは、さすがに子供っぽくて萌絵にも言えなかった。

「……忍のやつ、黒木さんの裏を暴く気満々だったけど、あの人はカンケーないから。あいつが先走った真似しないようにブレーキかけてやってくんない？　で、連絡来たら俺にも伝えてよ」

『……あ、そういうパターン、なんか知ってる。夫婦げんかしたお父さんとお母さんだ。子供に様子見にいかせる』

「ちがうから」

『わかったわかった。相良さんには私から連絡とってみる。あと、なくなった遺物の画像、私にも送ってもらえる？　もちろん許可とって』

「了解、あとで送っとく」

電話を切ると、無量は大きく溜息《ためいき》をついた。

桟橋にはフェリーと肩を並べて、調査船が係留してある。黒木たちが引き揚げた遺物をトラックに載せて、埋蔵文化財センターに運ぼうとしていた。

黒木はポーカーフェイスだ。いつもと変わった様子もないが……。

――明日《あした》の夜、取りに行く。

黒ワゴン車の男から、まだ連絡はない。

相手が求めている「チュンニョルワンの剣」も、むろん手元にはない。

――司波さんたちに余計な心配かけたくない。言うなよ。

黒木からはそう口止めされている。

トレジャーハンターをやっていたことは、黒木にとってやはり後ろ暗いのだろう。悪い仲間との因縁に、まっとうな道を歩く親友を巻き込みたくないという気持ちは、無量にも理解できる。だが、どうしたものか。遺物がらみのことならば現場責任者の司波たちに報告すべきだという萌絵の意見はもっともなのだが。

フェリーが出航の汽笛を鳴らした。

ゆっくりと桟橋から離れていく黒と黄色の船体を見つめ、無量は伊万里湾の向こうに滲《にじ》む陸影を眺めた。

＊

無量が海を眺めていた頃、相良忍はその目線の先、伊万里湾を挟んだ対岸の街にいた。ジム・ケリーことＪＫは、橋の欄干にオブジェのごとく据え付けられた壺《つぼ》を見て、感嘆の声をあげた。

「さすが有名な伊万里焼のふるさとだね。橋まで伊万里焼でできてるじゃないか」

伊万里焼のタイルが敷き詰められている。伊万里の街には焼きものの里であることをアピールするために、あちらこちらに伊万里焼をモチーフにしたタイルやオブジェが置かれていた。

車から降りてきた忍が、呆《あき》れ顔でＪＫに言った。

「じゃあ僕は聞き込みにいってきますから、あなたはゆっくり散歩がてら窯元《かまもと》めぐりでもしてきてくださいよ」

「つれないな。サガラ。不慣れな外国人を迷子にさせるつもりかい」

「迷子になるようなタマですか」

忍たちがやってきたのは、伊万里市の郊外だった。

伊万里市は佐賀県の西端にあり、隣はもう長崎県だ。松浦と佐世保《させぼ》に接している。鷹島の対岸、陸側へと深く抉《えぐ》りこむような伊万里湾の、最奥にあるのが伊万里の街だ。昔から様々な物資の積み出し港となっていて、国際航路の一部でもある。一帯は陶磁器の一大産地でもあり、ここ伊万里や有田《ありた》にはたくさんの窯元があることで知られている。

市街地から少し離れると、ひなびた山間《やまあい》の風景が広がっている。田畑の向こうにぽつぽつと民家が佇《たたず》む景色は、日本の原風景と言ったところだ。

「ここからは僕ひとりで行きますから、どこかで時間を潰《つぶ》しててください。一緒にいるところを見られると、こっちも具合が悪いんですよ」

「なんでだい？　海外の研究者を案内して窯元めぐりをしにきたで済む話じゃないか」

わかってないな、と忍は渋い顔だ。

「これから行くところは別に窯元じゃないですから」

「昨日から機嫌が悪いな。どうした？〈革手袋《レザーグラブ》〉とケンカでもしたのかい？」

図星を指された忍は、ぎろり、と目を剝《む》いてＪＫを睨《にら》んだ。「おっと」と掌《てのひら》を見せて、ＪＫは機嫌をとるように愛想笑いを浮かべた。

「そんなに殺意剝き出しで睨むなよ」

「そうさせてるのは誰ですか」

「ははは。〈革手袋《レザーグラブ》〉があのトレジャーハンターあがりになついてるのが気に入らないからって、こっちにまで当たりちらすのは大人げないぞ」

忍が凶悪な目つきになって顎《あご》をあげたものだから、ＪＫはぎょっとしてすぐに撤回した。

「わかったわかった。目立たないようにしてるから、そんな物騒な目つきで睨むのはやめてくれ」

誰のせいだ、と忍はなじり倒したかったが、のらりくらりとかわされるのが目に見えていたので、ぐっと堪《こら》えた。……もっとも、これも身から出た錆《さび》なのだが。

──〈革手袋《レザーグラブ》〉って誰のこと？

無量にＪＫからのメールを見られたのは、返す返すも不覚だった。同居中も、無量はそのことには一言も触れなかったが。

無量は気づいただろうか、ＪＫに。ＪＫが水中発掘の現場に立ち会うと言い出したとき、忍は強く反対したが、本部の意向には逆らえなかった。無量の手腕を直接その目で確かめたいという意向を。それは危険な賭《か》けだった。無量があんな態度を取ったのも、ケリーがＪＫであると勘づいたからなのか？

そうならそうで早く荷を降ろして楽になってしまいたい。自分に自滅願望があると思ったことは一度もないが、時折、後ろ暗さに押し潰《つぶ》されそうになる。心の回路を全部断線して思考停止してしまいたい。あの冷たい能面のように。

また鬱々《うつうつ》としかけた時、スマホが着信を知らせた。画面を見ると、萌絵の名前がある。早く電話に出ろと催促するように、スマホはブーブーと唸《うな》り続ける。

——なら約束してください。

——他のどんな人の思惑よりも、西原くんの気持ちを大事にするって。西原くんが嫌がることは絶対にしないって！

萌絵に責められているかのようだ。忍は、見なかったふりをしてポケットに戻した。多分、萌絵にも無量から「忠烈王の剣」の一件が伝わったのだろう。

忍は頭を切り換えるように、田んぼの上にある寺を見た。

いかにも山間の寺院らしい佇まいだ。山門には「妙心寺《みょうしんじ》」という額がかけられ、参道には一際勢いのあるひまわりが咲いている。

隣には墓所がある。作務衣《さむえ》の住職らしき年配男性が掃除をしている。

忍が声をかけた。

「すみません。黒木さんちのお墓はどちらですか」

「黒木……黒山窯の黒木さんかね？」

「はい」

「案内しますけん」

住職に連れられて高台のほうへ向かった。一際大きな墓石は、金字で「黒木家之墓」と書いてある。見晴らしのいい墓は、伊万里湾のほうを向いていた。海を見ることはできないが、市街地を遠望できる。

反対側を振り返れば、険しい岩山の麓《ふもと》にたくさんの屋根がひしめいている一角がある。

瓦《かわら》屋根の群れの中から、煉瓦《れんが》造りの赤い煙突が数本、空に向かって突き出ていた。

「あのあたりが大川内山《おおかわちやま》と言うあたりで、鍋島《なべしま》藩の藩窯があったところです」

「有名な鍋島焼の」

「はい。その技法は門外不出だったので、入口には関所があったとです。中に住む陶工は、外部の者とは許可無く接することもできんかったと」

「厳しかったんですね……」

「今ではちょっとした観光地です。窯元さんたちは鍋島焼の伝統ば引き継いで切磋琢磨《せっさたくま》しとりますよ。都会のデパートで買うよりも安かですけん、料亭のひとたちなどが買い付けに来んしゃるとです」

煉瓦の煙突からは白い煙があがっているものもある。ひなびた山間に、そこだけ屋根がひしめいているのは、不思議な光景でもあった。

「黒木さんのお知り合いですか」

「はい。黒木仁《じん》さんをご存じですか」

「ああ、次男坊の。はいはい。たしかアメリカに住んどらすとですね」

と住職はJKをみて言った。アメリカから来た友人と思ったようだ。

「仁さんのお兄さんも、こちらのお墓に？」

「弦《げん》くんですか。はい。先月、三十三回忌ばしたばかりです。……ああ、そいでわざわざ」

黒木の代わりに墓参りにきた友人……と住職は解釈したようだ。忍は用意してきた仏花を供えようとして、先に供えられた花がまだ新しいことに気がついた。

「おや……。誰か、お参りに来んしゃったかい。比奈子《ひなこ》ちゃんかな？」

黒木の妹の名だという。

墓参りをした忍たちへ、住職がねぎらうように声をかけてきた。

「遠路はるばる、よう来んしゃった。庫裏でお茶ば飲まっさんですか」

忍たちは庫裏に移って住職夫人のもてなしを受けた。

応接間の床の間には、立派な鍋島焼の皿が飾られている。藍色《あいいろ》の呉須《ごす》で下書きしたものに、赤と黄と緑の三色で上絵をつけたもので、色鍋島と呼ばれる。鳳凰《ほうおう》と思われる色鮮やかなデザインが、いかにも斬新《ざんしん》で華やかだ。

これにはＪＫが喜んだ。

「見事な色鍋島デスね！　こちらは鍋島青磁デスか」

湯飲みを手にとって興奮している。日本びいきのＪＫは焼きものにも目がなかった。

「鍋島青磁は、ここ大川内山で取れる青磁原石を用いとるとです。……ああ、こちらの菓子皿は、まさに黒木さんところの窯のもんです」

ほう、と忍は興味深げに覗《のぞ》き込んだ。

色鍋島の華やかな皿だ。

「上絵の福寿草が、黒山窯さんの特徴です。この鮮やかな花の黄色と、葉の緑、それと赤かカササギが目印です」

代々この意匠が受け継がれているのだという。

「今はどなたが継いでらっしゃるんですか？」

「弟子だった娘婿が継いだとです。仁くんの妹さんの旦那《だんな》さんですな」

父親は数年前に亡くなったが、今も大川内山の窯元群のひとつとして奮闘し、若いながら、腕とセンスの良さで評判だという。

「長男の弦くんが海での事故で亡くなったけん、本来なら次男坊の仁くんが継ぐはずやったとですが」

「そうだったんですか……」

と言い、忍はＪＫと目配《めくば》せしあった。ＧＲＭ社が誇る人物検索システムで「トレジャーハンター黒木仁」のプロフィールを調べあげ、実家のある伊万里を訪れたふたりだ。黒木の実家が窯元だったこともパスポート情報の本籍地から割り出した。

「黒木さんの窯元もずいぶん古いんですか」

「先祖ばたどると、大陸から来た陶工に行き着くとか。伊万里で窯業が盛んになったきっかけは、秀吉の朝鮮出兵で、鍋島のお殿様が連れてきた朝鮮半島の陶工が、焼きものづくりば始めたとが最初です」

大川内山の集落には高麗人の墓というものもあり、海に向かって立っているという。

「九州には多かとですよ。有田も唐津も。朝鮮出兵は〝やきもの戦争〟と呼ばれるくらいです」

彼らが持ち込んだ優れた最新技術が、日本の焼きものの歴史を塗り替えたと言っても過言ではない。

「仁くんも高校の頃までは窯ば継ぐつもりで、お父さんから厳しく仕込まれとったとです。なかなかの腕やったとですよ。高校の頃に作った色鍋島で大臣賞ばとったくらいで」

「賞まで、ですか」

「天才現ると騒がれて、新しか世代の鍋島を、と期待されとったとに……」

「なぜ、継がなかったんでしょうか」

「父親と大げんかばしたとですよ」

親子仲が悪く、家を出た後は何年も音信不通が続き、父親の葬式にも結局帰ってこなかったという。まさか海外でトレジャーハンターになったなどとは家族も思いもしないだろう。

忍は彼が鷹島に来ていることを教えようかと思ったが、本人の気持ちにも配慮して、話題にはしなかった。

「ひとつお訊《たず》ねしたいことがあるのですが……。こちらのお寺に、仁さんのお母様が古い刀剣を預けたと伺ったのですが、まだございますか」

「古い刀剣？」

「対馬《つしま》様から拝領したという刀剣です。仁さんの母方のご先祖が松浦《まつら》党の武士で、元寇の際に鷹島で戦った時、対馬小太郎《こたろう》という人から与えられたという」

話は無量から聞いていた。その後、香織《かおり》から連絡があり「刀は、黒木の父方の寺に預けられている」と教えてくれたという。

今回の事件が、黒木という男の背景と無縁、とは思えなかった忍は、伊万里にある実家を調べて、ここへたどりついた次第だ。

ああ、と住職は思いだし、うなずいた。

「先代が預かったという。たしか収蔵庫にあるですよ」

「実は仁さんからお話を聞きまして、後学のために、もし可能ならば、でいいのですが、その刀剣を拝見させてもらうことはできますか」

住職はふたつ返事で応じてくれた。取りに行った住職を待つ間、ＪＫが小声で問いかけてきた。

「おい。何が目的だ？　探してるのは、忠烈王《チュンニョルワン》の剣じゃないのか」

「そうなんですけど、ちょっと引っかかることがあって」

「盗まれた海底遺物がこの寺に隠されてるとでも？」

忍自身もまだ確信をもてないのか、「引っかかること」の中身を語ろうとしない。

探すのに手間取ったのか、だいぶ待たされた。ようやく住職が戻ってくると、手には、長さ五十センチほどの桐箱を抱えている。

「これですな」

箱書きには「黒木旭《あきら》氏　御預　対馬様刀剣」とある。拝領したのは母方の先祖のはずだが、母親の名ではなく、父親の名が記されている。

住職はふたりの前で丁重に桐箱の紐《ひも》を解き、蓋《ふた》をあけた。中身を包んでいる紫色の絹布をそっと開くと、次の瞬間「あっ」と声をあげた。

「ない」

忍とJKも目を瞠《みは》った。

箱の中身が、ない。

「からっぽだ……」

「いや……。そがんはずは」

住職もうろたえたが、実を言えば、住職自身もこの箱を開けたのは初めてだったという。先代は引き取る時に中を確認していたはずだが、その中身がいつからなかったのか、いつまではあったのか、定かでない。

「これが預けられたのは、いつです」

「先代が生きとった頃ですけん、もう三十年以上前です。記録ば見れば、正しい日付もわかるかと」

「お願いします」

ＪＫがちらりと横目で忍を見た。忍はそれが集中する時の癖なのか、唇に手をあてて、演算を繰り返す数学者のような目つきで考え込んでいる。

桐箱には、刀剣の形に型抜きされた空間が残るばかりだ。いつからなかったのか、いつまではあったのか。手がかりを示すものも何もない。

忍は空箱の蓋をじっと見つめている。


庫裏を出ると、ちょうど玄関先に軽自動車が入ってきたところだった。降りてきたのは、若い子供連れの母親だ。

「あら、お父さん。お客様？」

住職の娘だったらしい。そして金髪外国人が珍しいのか、いやにＪＫのことをじろじろと見ている。窯元巡りをする外国人観光客も少なくないはずだが。

「黒木さんとこの仁くんのご友人たい。弦くんの、お墓参りに来んしゃったとよ」

「仁兄ちゃんの？　わざわざお墓参りに来てくれるなんて、お友達が多かねぇ」

友達が多い？　と忍が耳ざとく反応した。

「もしかして僕たち以外にも誰か来たんですか」

「ええと、土曜日だったかなあ。たいて（とても）きれか女のひとが」

「女性？　どんな？」

住職の娘は子供をあやしながら、その時の様子を思い浮かべ、

「髪はセミロングで前髪ばこがんかきあげて、後ろは巻いとったとかな。目がぱっちりしてて、厚めの唇が色っぽかカンジの。体の線が出る、ノースリーブの青かドレープワンピば着とりました」

忍はJKと顔を見合わせた。

「お墓の前におらしたけん、声ばかけたら、仁見ちゃんのお友達だと。ちょっと英語なまりの日本語を話してました」

忍はスマホを取りだして、昨日、唐津で撮った画像を見せた。

「あ、こん人です」

「エイミだ」

忍とJKは思わず声が揃ってしまった。

エイミがこの寺に来ていたのだ。同行者はいなかったという。土曜日といえば、海底から遺物がなくなった翌日だ。

黒木の兄は、幼い頃に亡くなっているから面識はないはずだ。黒木と再会したのは、同じ日の夕方。音信不通だった元恋人の菩提寺《ぼだいじ》まで、わざわざ墓参りに来た理由はなんなのだろう。

忍は考え込み、墓のほうを見やった。

窯元の煙突から立ち上る白い煙が、岩山に囲まれた里の風景に滲《にじ》んでいく。

＊

その日の作業が終了し、調査船は夕方、殿ノ浦港に戻ってきた。

栈橋に降りた無量が係留作業を手伝っている時だった。携帯電話が鳴ったのは。

例の黒ワゴン車の男からだった。

『今夜八時、チュンニョルワンの剣を持って、宮地嶽《みやじだけ》史跡公園にある元寇碑前まで来い』

無量はすぐに黒木へと伝えた。黒木は腹をくっているのか、知らせを聞いても落ち着き払っていた。

「わかった。後は俺が片をつける。心配かけてすまなかったな」

「俺も行きます」

無量は即答した。

「黒木さんひとり、行かせるわけにいかない。それに電話を受けたのはこの俺です。俺が行かなかったら変に思われる」

「だが、これ以上おまえを巻き込むのは」

「忠烈王の剣とかいうのが、もし本当に、海底にあったあの遺物のことなら……。だったら俺も当事者です。見つけたのは俺たちだし、俺もあの刀をこの目で見たひとりです。

黒木さんにばかり責任を負わせられない」

無量は珍しく強情だった。心のどこかで、忍が黒木にかけている疑惑を、払拭《ふっしょく》させたい思いもあった。そのためには自分も立ち会わなければならないと思ったのだ。

黒木は承諾した。

「だが、おまえは一言も話すな。やりとりは全て俺に任せろ。いいな」

ふたりは夕食を終えてから、そっと宿舎を出た。

無量は萌絵から逐一連絡をするよう、言い含められている。だが、下手に知らせると、思いあまった萌絵が福岡から駆けつけてきかねない。なにかの時は体を張って無量を守ろうとする萌絵だ。そうしてまた危険なことに巻き込んでしまうのは、無量も本意ではなかった。かといって、自分たちの身に万一、何か起きた時のことも考えないわけにいかない。

結局、宿舎を出る直前に、萌絵にはメールを送って知らせた。

黒ワゴン車の男が落ち合う場所に指定してきたのは、宮地嶽史跡公園だ。鷹島は地図を見ると「人」という漢字と形が似ている。公園があるのは一画目のてっぺん辺りだ。

坂をあがった高台にあり、阿翁浦《あおううら》港が見下ろせる。近くには、元寇の際に幕府軍の少弐景資《しょうにかげすけ》が陣を張ったと言われるお堂もある。

坂をあがりきったところが、公園になっていた。

玄界灘《げんかいなだ》に面していて、昼間、天気がよければ、壱岐《いき》や対馬の島影まで見える。だが、夜の海は闇に沈み、うっすらと近くの島の明かりが瞬くばかりだ。

重い雲が垂れ込めて、今にも雨が降り出しそうだった。

無量と黒木は車を降り、階段をあがった。湿った海風が肌にまとわりつく。夜だというのに蟬が啼《な》き止まない。石段をあがった先は広場になっていて、正面に大きな石碑が建っている。背にする海は日比水道《ひびすいどう》だ。

男が現れたのは、八時を少し過ぎた頃だ。

石段をあがってきた男は、フルフェイスのヘルメットで顔を隠している。記念碑のもとに座って待っていた黒木と無量は、ゆっくりと立ちあがった。

「あんたか？　俺たちを呼び出したのは」

「例のものは、持ってきたか」

前置きもなく、男は無量たちに訊《たず》ねてきた。黒木は辺りを見回し、

「あんたひとりか。緑川さんを事故らせた仲間がいるだろう。そいつらはどこだ」

「いいから遺物を出せ」

ふたりの手元にはない。だが、無量は気づいた。

「あんた……、チョウ・ミンファじゃね？」

「なに」

「このひと死んだハンの部下っすよ、黒木さん。調川《つきのかわ》の港にハンと一緒に居た。ハンと

一緒に潜ってたダイバーはあんたでしょ」

顔も見えないのになぜわかる、と黒木が訊ねてきたが、無量には背格好だけで特定できた。少し外を向いた膝《ひざ》と胴体のバランス、身長と肩幅とウェストの対比……。海中は陸上よりも情報が乏しい上に、感覚における「雑音」が少ない。だからダイバーの特徴も鮮明にダイレクトに、頭へと入ってくるのだろう。

「ハンのもとから遺物を持ち出して、姿くらましたのは、あんただったんじゃないんすか」

無量が問いただすと、黒木が近づいていって「ヘルメットを外せ」と迫った。見抜かれた男は、いさぎよくヘルメットを外した。

港でハンの船にいたタトゥ男だ。チョウ・ミンファだった。

「……持ち出したのは俺じゃない。ミスターハンが……〝オヤジ〟が死んだ時には、もう遺物は船になかった」

「なかっただと？　なら誰が持ち出した」

「あの女だ。エイミだ」

英語で名差しする。チョウは憤りをあらわにして黒木にくってかかった。

「わかっているんだぞ、クロキ！　おまえがエイミと共謀してオヤジを殺し、チュンニョルワンの剣を奪ったことは！」

「なに……言って……」

「あの夜、おまえがハンのオヤジを呼び出して、殺した。剣を横取りして自分たちの手でバロン・モールに売りつけるつもりなんだろうが、そうはさせねえ！」

無量は思わず黒木を振り返ってしまう。黒木は怒りと動揺がない交ぜになった表情で、立ち尽くしている。

「どういうことなんすか、黒木さん……ッ」

「俺とエイミがハンを殺しただと……？　言いがかりもたいがいにしろ！」

黒木がチョウの胸ぐらを乱暴に摑《つか》み上げたので、無量は慌てて引き剝《は》がそうとした。だがチョウは一歩も引かず、逆にくってかかっていく。

「あの遺物を奴らに売って五十万ドルを手にいれるつもりなんだろう！　ハンのオヤジはあの女に騙《だま》されていたんだ。最初からおまえらふたり、オヤジの財産を狙ってたくせに！」

ふざけるな！　と怒鳴って黒木がチョウを殴りつけた。チョウは芝生の上に倒れ込み、殴られた口元を覆った。激昂《げきこう》して更に殴りかかろうとする黒木の前に、無量がたまらず立ちはだかってチョウをかばった。

「そこをどけ、無量！」

「駄目っす！　殴ったりしたらこっちが犯罪者っすよ！　それよりコイツの話を聞きましょう」

チョウによれば、ハンが海底の遺物を横取りしたのは通称「バロン・モール」なる買付人からのリクエストがあったからだという。「〝チュンニョルワンの剣〟を求めている顧客がいる。五十万ドルで買い取る」とハンたちは言われたようだ。

その「顧客」は、金方慶《キムバンギョン》の書状から「忠烈王の剣」の存在を知ったようだが、書状の内容からも鷹島の海底に沈んでいる可能性が高い。ハンは剣を探すために、すでに何度か鷹島沖にも潜っているという。しかし、国史跡に指定されている海域でもあり、海上保安庁からのチェックも厳しく、思うようには動けなかったようだ。

そうこうしている間に潜水調査が始まり、ハンたちは出土遺物の中に「忠烈王の剣」が出ないか、虎視眈々《こしたんたん》と待ち構えていた。やがて無量たちが発見した剣がそれではないかという内部情報が伝わり、引き揚げられる前にハンのオヤジは間違いないと言っていた。

「古文書にあった特徴とよく似ていたもんだから、ハンたちが手に入れたという。いたが、それが本当に『忠烈王の剣』かどうか、証拠になるものはなかった。だから、もう一度潜って証拠を出そうとしているところだったんだ」

証拠とは、つまり、その剣を載せていたのが「高麗の軍船」であると証明するものだ。高麗製と思われる遺物が他に発見されれば、確定に一歩近づけるはずだった。

「確かに宋銭らしき銅銭は一緒に出てきたけど、宋銭だけじゃ、どこの船かはわからないからな」

宋銭が出たから、旧南宋の軍船（江南軍）だとも言えない。当時、宋銭は国際通貨だ。中国、日本、韓国の三国間ばかりでなく、広くアジアで流通している通貨であり、貿易船はこれを介して物品をやりとりしていた。どこの船でも載せている可能性があるから、証拠にはならない。

はっきりと高麗のものであると断定できる遺物が、一緒に出てくれれば、その剣も「高麗の金方慶《キムバンギョン》が乗っていた船のもの」という可能性が高まる。

ただ、あくまで事前探索《サーヴェイ》でたまたま出た遺物だ。試掘で出たものであり、まだ本調査もしていない。

とはいえ、トレジャーハンターには「調査」は必要ない。骨董的《こっとう》価値の根拠づくりのため、多少の検証はするだろうが、基本的にはお宝のための沈没船荒らしだ。顧客がその価値を納得さえすれば、雑な発掘でもかまわない。

返す返すも、水中考古学者にとってトレジャーハンターは天敵なのだ。

「……なら、ハンの死体があがった後、姿をくらました理由は」

尋問する黒木の口調には、殺気がこもっている。チョウは鼻血を拭《ぬぐ》いながら、

「くらましたわけじゃねえ。バロンの下の人間から『剣はどうした』って問い詰められて探してただけだ」

「バロン……買付人のことか。そいつは何だ。骨董商か？」

「ハンのオヤジが契約してたトレジャーハンター専門の骨董屋だ。俺らから買い取って、顧客に高値で売ったり闇オークションに出品したりする」

トレジャーハンティングや盗品など、表には出せないような文化財を取り扱う古美術

商だという。

「緑川さんを襲ったのも、その手下ってことか」

相当ラフな手を使う連中のようだ。無量は陸前高田《りくぜんたかた》での事件を思い出した。海外の窃盗団に繋《つな》がる連中だったが、暴力団も顔負けの荒っぽさだった。前回の事件で身に沁《し》みていた無量は「さもありなん」と思ったが。

「とか言って、そっちこそ、ちゃっかりハンの代わりに剣売って儲《もう》けたかったから、買付人の手下焚《た》きつけたんじゃねーの？　ハンを殺したのもあんたなんじゃ」

「そ……、そりゃ下心がなかったとは言わないが、そのためにわざわざオヤジを殺したりしねえ！　俺じゃねえ。こいつらだ！」

と黒木を指さす。チョウは、黒木がエイミと共謀してハンを殺し、遺物を横取りしたと思い込んでいる。無量はたまらず黒木に向かった。

「黒木さん……っ。どうなんすか。俺、黒木さんを信じていいんすか」

「ばかやろう。俺が犯人だったら、こんなところにわざわざ来るもんか。とっくに行方をくらましてエイミと高飛びしてる」

「なら、あの女はどこだ！　どこに剣を隠した！」

とチョウが怒鳴った。黒木の表情がこわばっているのを見て取って、無量が訊ねた。

「あの人、黒木さんに何を相談したんです？　ハンを手にかけたのはまさか……」

ハンの妻——エイミ。

黒木は黙り込んで青ざめている。唐津でのやりとりを思い出しながら、黒木は口を開いた。

「……………。おまえがやったのなら自首しろ、とは勧めた」

「なら、やっぱり！」

「いや『自分がやった』とはっきり打ち明けたわけじゃない。だが、ハンの死についてなにか知ってるようではあった。助けを求めるような目をしてた」

その眼差《まなざ》しの意味を黒木は測りかねた。夫を殺してしまった自分を助けて欲しいのか、死の真相を知っている自分を助けて欲しいのか。その肝心なところを聞き出せないまま、別れてしまった。

「黒木さん……」

「エイミが持ち去ったっていうのか……。あの剣を……エイミが」

だが、動機がわからない。夫を殺してまで遺物を売却した儲けを独り占めしようとした？　たったそれだけ、そのために殺した？

「ははは！　他に男ができて邪魔になったのさ。腹黒い女さ。そもそもハンのオヤジとなんかつりあわねえんだ。初めから財産目当てだったんだろ！」

「エイミはそんな女じゃない」

「……………。そのバロンって奴は、まだ手に入れてないんすよね」

と無量が横から口を挟んだ。手下をよこすくらいだから、そうなのだろう。つまり、

エイミもまだバロンとは接触していないということだ。チョウは笑い、

「だったら、他の骨董商に売りつけるつもりなんだろう。オヤジはあの強欲女に騙されてたんだ」

「いや。売りたくなかったから、持って逃げた……ってこともありますよ」

無量の言葉に、黒木は目を見開いた。

「なんのために？」

「さあ……。そもそも、あの剣が本当に『忠烈王《チュンニョルワン》の剣』かどうかも、まだわかんないわけっすよね」

確かに高価そうな遺物ではあった。だが、証明できるものは何もない。古文書に記されていた形状とよく似ているというだけだ。

「逆にもし『忠烈王の剣』じゃないとわかったら、先方は『贋物《にせもの》を掴まされた』って言って、めっちゃ怒るんじゃないすかね」

これにはチョウも意表を突かれた。つい本物だという前提で話をしていたが、まだ検証も何もなされていない遺物だ。

「それでもいいから売れって買付人が言ってきたんなら、ともかく……。売ったもんが贋物だったほうが、まずいんじゃないすかね」

チョウもそこまでは考えていなかったとみえる。無量は強気で畳みかけ、

「贋物を押しつけたとバレたら、それこそ、えらそうな買付人の手下にボッコボコにさ

れるんじゃないすかね」

「う……っ」

思わず怯《ひる》んでしまったチョウに、黒木は駄目押しのように言った。

「大騒ぎした挙げ句に紛《まが》い物だということになったら、逆に違約金を払わされるかもしれないな」

「冗談じゃない。そんな金どこにもねえ」

「なら、どうする。おまえに本物だって証明できるのか」

ふたりに詰め寄られてチョウが答えに窮していると、階段のほうから突然、別の男の声があがった。

「そこにいるのは、チョウ・ミンファさんですか」

振り返ると、よれよれのスーツに身を包んだ中年男性がふたり、広場の入口にいる。こちらに近づいてきて警察手帳を見せた。

「松浦署の者です。サミュエル・ハン氏の事件について色々と事情を伺いたいので、署まで同行していただけますか」

チョウは驚いて「通報したのか」と無量たちにつっかかってきたが、身に覚えがない。長崎県警の私服警察官だった。行き止まりにある広場には、逃げる場所もない。その後ろから石段を駆け上がってきた制服警官たちに、チョウは両脇を固められてしまった。

「俺じゃねえ！　やったのはあの女だ！　エイミだ！」

「わかったわかった。事情は署で聞くから」

刑事たちに宥《なだ》められながら、駐車場のほうへと連れ去られていく。無量と黒木はポカンと立ち尽くして、突然のなりゆきをただ眺めているばかりだった。ひとり残った年配の刑事が無量たちに声をかけてきた。

「通報したのは、あなたがたですか」

「いえ。俺たちでは」

「失礼ですが、チョウ氏とはここで何を」

「我々は鷹島海底遺跡で発掘調査をしている者です。調査中の海底遺物がなくなってしまい、その捜索をしてました。チョウ氏がなにか知っているのではないかと思い、話を聞いていたところです……」

訊《たず》ねられるままに名を名乗り、経緯も話せるところまでは話した。年配刑事はしきりにメモを取っていたが、時折顔をあげては訝《いぶか》しげにふたりを交互に観察している。一通り、話が済むと、ふたりに名刺を渡した。

「私、松浦署の藤野《ふじの》と言います。後日改めて伺うかもしれません。その時はよろしく」

そう言い残すと、大きな腹を揺らして階段を降りていった。「長崎県警」と記されたパトカーはサイレンを鳴らすことなく、坂道の向こうに消えていった。携帯電話を見ると、萌絵からメールが入っている。

〝相良さんにも知らせたよ。無茶しないで〟

無量はすぐに察した。忍だ。どうやら忍が通報したらしい。勘の良い忍は、呼び出した相手がチョウである可能性も嗅《か》ぎ取っていたのかもしれない。

「……忍のやつ」

「この分じゃ、近々、俺も任意同行させられるな」

黒木がハンと最後に会った人物であることは、おそらくチョウが話してしまうだろう。そうしたら間違いなく、警察は黒木にも嫌疑をかけてくる。

「警察に変に勘ぐられるよりも、本当のこと、全部話したほうがいいっすよ。黒木さん。それに俺らの目的は、ハンを殺した犯人捜しじゃないし」

あくまで奪われた遺物を取り戻すことだけだ。

黒木は苦々しい表情になった。

「エイミが殺《や》ったのか……?」

「まだそうと決まったわけじゃないすけど、エイミさんは本当に何も?」

「……ああ。だが、唐津で俺と会った後、電話がかかってきて、人と会うことになったような話を」

警察の人間にまた事情を聞かれるのだと彼女は言っていたが……。

熱帯夜の湿った夜風に吹かれながら、黒木は掌《てのひら》で沈黙しっぱなしのスマホを見つめている。エイミからの連絡はその後、ない。

黒木さん、と無量が呼びかけた。

「遺物がどこにあるかはわからないけど、もしエイミさんがその在処《ありか》になにか関わってるんだとしたら、ひとつだけ、返してもらえる方法があります」

「返してもらえる方法だと？」

「証明するんです」

無量はまっすぐに黒木を見上げて言った。

「あの遺物が『忠烈王《チュンニョルワン》の剣』でないことを」

黒木は驚いた。無量は「できるはずです」と言い、

「忠烈王とも高麗とも全く関係ない遺物だとわかれば、持ち去った人間にとって何の値打ちもなくなる。そりゃまあ、状態がよかったから、クリーニングすれば、それなりの骨董《こっとう》品にはなるかもしれないが、そのバロンなんとかって買付人は、少なくとも何十万ドルも出そうとは思わないはず」

「確かにそうだが……。だが、もし本物だったら」

「その時はその時。また別の方法を考えます。やりましょう。黒木さん」

無量は右手の拳《こぶし》を固めて、告げた。

「あの場所を、掘りましょう」

第五章　贋物証明

翌日、無量《むりょう》と黒木《くろき》はさっそく刀剣が出た場所での調査を司波《しば》に進言した。理由を聞かされた司波と内海《うちうみ》は、ひたすら驚いていた。トレジャーハンターに奪われた遺物を取り返すためには、それが「忠烈王《チュンニョルワン》の剣」ではないことを証明しなくてはならない。そのためにあの場所を掘らせて欲しい。それがふたりの言い分だった。

「気持ちはわかるが、緑川《みどりかわ》さんも欠けて人手が足りない今、なにぶん時間が」

内海は難色を示したが、司波は「そういうことならば」と強気で言った。

「自分らが掘ったもんをトレジャーハンターなんかに持っていかれて、そのまま闇マーケットに出されでもしたら、水中考古学者の名折れだ。絶対に阻止してやる。やりましょう、内海さん」

「おい、いいのかい。司波さん」

「そっちは第二調査区としましょう。司波海中考古研究会のみの担当とします。うちでやる追加調査という体《てい》なら、西海大にも教育委員会にも余計な負担をかけないで済む」

発掘中の沈没船がある場所から極端に離れているわけでもない。調査内容をみて区画を広げることは想定範囲内だ。

「俺と黒木と広大《こうだい》と無量は、第二調査区を担当する。内海さんは引き続き沈船のほうをお願いします」

念願かなって急遽《きゅうきょ》予定を変更し、刀剣が出た場所をあらためて掘り下げることになった。

司波は広大と、黒木は無量とバディを組む。

「しゃーないなあ。まあ、司波さんがそう言うんなら、一肌脱いだるわ」

恩着せがましい言い方をしつつも、広大もやる気満々だ。緑川の不在で人員はギリギリだが、さすが精鋭揃い。追い詰められるほど力を発揮するタイプの男たちだった。

だが、無量はチョウからひとつ、聞き漏らしたことがある。

トレジャーハンターたちにあの刀剣の出土をリークした人間のことだ。

それが誰だったのかは、いまだにわからない。

しかし、発掘で「忠烈王の剣ではない」と言える証拠が出てくれれば、あえてリークさせ、それを欲しがっている連中にも「不要」と言わせられるはずだ。内通者の逆利用だ。

それが一番手っ取り早い。あとは刀剣の在処《ありか》を突き止めるだけだ。

無量には密《ひそ》かに確信があった。最初から、あの遺物の出土の仕方は、少し変だったからだ。

「……浅すぎるんじゃないですかね」

揺れる調査船の上で、無量は海面を見つめて、黒木に言った。

「沈没船のほうは、海底面の下、一メートルくらいのところから出てきてますけど、あの刀は、その半分ほどだった」

「だが、それだけじゃ『元寇《げんこう》遺物でない』根拠にはならん。潮の具合で、かぶさってた土が、他の場所よりも多く持ってかれてるだけかもしれん」

海は陸と違って、土も動く。海底に堆積《たいせき》した土がそのまま残っているとは限らない。潮流があり、常に動いているから、陸上の発掘のようにミルフィーユ状の堆積土層を物差しにして、埋もれた時代を判断する、ということ自体が難しい。

水中発掘では、土層を基準にするよりも、出てきた遺物そのものによって埋もれた時代が判定される傾向にあるのは、そのためだ。

「実際、海底面に顔を出した元寇遺物が採集される例だって、たくさんある。海岸で見つかったパスパ文字の管軍総把印《かんぐんそうはいん》だって、そうだろ」

元軍のものと見られる青銅印のことだ。今から四十年前、海岸で貝掘りをしていた島民が見つけた。それがこの海に元寇船がやってきた動かぬ証拠となっていた。

大体の目安として、海底面下五十センチ内で見つかるものは、現代のものが多い傾向にあるが、だからといって、必ずしも元寇遺物ではない、と一概には言えないのだ。

「俺も初めはそうだと思ってました。けど、なんか変なんです」

「変とは」

「うまく言えないけど……」

無量は、調査区域を示すマーカーブイを見つめて、考え込んでしまう。黒木も同じように見つめ、

「……確かに、自然条件で攪乱《かくらん》（掘り返されること）を受けた可能性はある。貝殻なんかの付着物が少ないのも気になってた。錆《さび》も」

「やけにきれいなんすよね」

「もちろん時間をかければ、宋銭の年代や埋まってる死んだ貝から年代測定することはできる。だが、それじゃ遅い」

奪われた遺物が売られてしまってからでは遅いのだ。

「鍵《かぎ》になるのは、刀と一緒に出た宋銭が入った壺《つぼ》だ。高麗《こうらい》軍の遺物と思われるものが一緒に出てくれれば、あの刀剣も『忠烈王の剣』である可能性が高まる」

「はい」

「そうではなく、江南《こうなん》軍の遺物が出てくるか、元寇とは全く違う時代の遺物が出てくれば『忠烈王の剣』である可能性は低くなる」

海面下で作業中の司波たちの影に、黒木は目をこらすようにして言った。

「このあたりは、松浦《まつら》党がいたくらいで、貿易船も行き来があっただろうから、そういう船が沈んでる可能性も、ないとは言えないからな……」

「そっか……。元寇船とも限らないんだ」

「ただ用心しなきゃならないのは、海の中なら『忠烈王の剣』ではないものを『忠烈王の剣』にしてしまうことも、可能だということだ」

どきり、として無量は黒木を見た。

「……どういうことすか、それ」

「海の底では、陸よりも、小細工が見分けにくい」

無量の右手が、ずきん、と強く痛みを発した。

確かに万一、誰かが海底の土を掘り返して何かを埋めたとしても、陸上の土層のようにくっきりとした痕跡《こんせき》は残りづらい。見分けをつけるのが難しいということだ。

「それはつまり、捏造《ねつぞう》がしやすいってことすか……」

黒木は険しい表情で、もう一隻の調査船を見やった。

「調査チームか関係者に、ハンたちと繋《つな》がってる者がいたかもしれない」

「まさか、そいつが不正をするとでも？」

「その隙を与えないようにするには、互いを厳重に見張ってるしかない。勿論《もちろん》、おまえも俺を監視しろ。俺もおまえを監視する」

仲間同士を監視しあうのだ。一点の不正もないように。

疑心暗鬼に陥れば、仲間の結束など一瞬で吹き飛ぶ。途端に息苦しい現場になる。

「そんなやつはいないって、俺は信じたいけどな……」

と黒木は船のへりに腕をかけ、操舵《そうだ》室の屋根を見た。潜水作業中であることを示す旗りゅう信号であるA旗が翻っている。

『おーい、さっそくあたったぞ』

水中通話装置のアンプから司波の声が聞こえた。黒木はすぐにハンドマイクを手に取り、応答した。

「どうした。何が出た」

『陶磁器片だな。青磁だろう』

水中のダイバー独特の、呼吸音の混ざる少し曖昧《あいまい》な発音で返事が来た。

『まあ、これだけじゃ、どこの船のものとも言えないが……』

しばらくしてから、もう一本の送話マイクが広大の声を拾った。

『こっちもっす。茶碗《ちゃわん》っすかね』

『海底の表面にも、ちょいちょいあるなぁ……』

無量と黒木は顔を見合わせた。

『宋銭の壺からそう離れてない。あとで入った時ざっくり確認しといてくれ』

ブイが波に揺れている。雨が降り始めている。

「波が高くなってきたな……」

波高一・五メートルより高くなると、作業は中止になる。

「なんとか、もってくれればいいが……」

雲行きが怪しくなってきた。無量は海風に吹かれる旗を、じっと見つめている。

＊

永倉萌絵《ながくらもえ》が唐津《からつ》にやってきたのは、およそ十日ぶりだった。

相良忍と待ち合わせているホテルのラウンジへと駆け込んできた。筑肥《ちくひ》線の電車が遅れて十分遅刻だ。

「ラウンジ、ラウンジ……と」

シーサイドにある観光ホテルは、チェックアウトの時間だった。ラウンジを探して辺りを見回していた萌絵は、フロントにいる男の二人連れに気づいた。

「あ、相良《さがら》さ……」

と声をかけようとして手が止まった。忍《しのぶ》が一緒にいるのは、金髪の欧米人だ。甘いマスクにワイルドな無精ひげ、胸の大きく開いたシャツといい、きゅっと引き締まったピーマン尻《じり》はアメフト選手のようでいかにもセクシーだ。

……と一瞬のうちにそこまで鑑定して、萌絵は「いかんいかん」と頭《かぶり》を振った。ガタイのいい欧米人を見ると、条件反射でついつい尻に目がいってしまう。

「誰？　誰なの？　あの金髪イケメン」

「永倉さん」

萌絵の鼻息に気づいたのか、忍がこちらに声をかけてきた。いつもの朗らかな笑みを浮かべている。

「わざわざ福岡から呼び出してすまない。仕事は大丈夫？」

「イベントの仕事は無事全部終わりました。キャサリンも戻ってくるんで今日から夏休みです」

亀石《かめいし》発掘派遣事務所の三人目の同僚のことだ。所内では交代で夏休みを取っている。

「そちらのかたは？」

忍が振り返ると、すぐ後ろにＪＫが立っている。甘いマスクに品の良い笑みを浮かべ、忍が紹介するより先に、萌絵へと大きな手を差し伸べて握手を求めた。

「はじめまして。イリノイ考古博物館で学芸員をしているジム・ケリーといいます。研修で、日本の発掘施設を見学させてもらっています」

忍が海外研修に来た外国人学芸員を案内して回っている、とは萌絵も聞いていたが、こんな男前の学芸員だったとは誰が想像するだろう。そもそも日本の学芸員で、こんなに胸元を開けて許される者は、そうそういない（偏見だが）。しかも何やらオリエンタルな香水のかぐわしい匂いがする。大人の男の香りだ。

萌絵はくらくらしながら、襟元を直し、握手に応じた。

「は……はじめまして。亀石発掘派遣事務所の永倉萌絵です」

ＪＫは誠実そうなビジネススマイルを浮かべている。宝石のような青い瞳《ひとみ》で見つめられると、萌絵は魂が抜けて天国まで飛んでいきそうになった。

「それじゃあ、私はここで。ミスターサガラ」

「ええ、お疲れ様でした」

「それでは失礼します」

「え、え、え。もういっちゃうんですか？」

ＪＫは日本式のおじぎをすると、スーツケースを引いてタクシーに乗り込んでいった。

萌絵はまだぽーっとしている。

「アメリカの学芸員さんって、みんな、あんなカンジなんですか？」

「永倉さんの目は欧米人バイアスかかりすぎ」

「どこのハリウッドの人かと……」

「ただの日本びいきのおっさんだよ」

萌絵はふと何か引っかかるものを感じた。ジム・ケリー、ジム・ケリー……。引っかかる。さして珍しい名でもなく、どこかで聞いた名というわけでもないが。

「え……、もしかして……っ」

「そういえば永倉さん。新規登録者の面接結果はどうなってる？　東文研の中原《なかはら》さんにスケジュールの件、確認した？」

「あ、はい！　その件なら」

忍が仕事の質問を矢継ぎ早に投げてきたものだから、萌絵の思考は答えに届く前に霧散してしまった。一週間分の仕事報告をしながら、ラウンジの席に着くと、目の前には唐津湾が広がる。灰色の曇り空の下、沖合にはこたつのような形の小島が見える。

「あっ。あれこの間、西原《さいばら》くんと行った島です。お宝必当祈願で」

「宝くじが当たるように？」

「遺物に当たるようにですってば。西原くんの場合、本当に当たっちゃうからビックリしますよね」

「その甲斐《かい》あって当たったお宝が、問題を引き起こしてるんだけどね」

注文した珈琲《コーヒー》が来る前に、忍は書類の入ったクリアケースを取りだした。

女性の写真が入っている。

「渦中の女性だ。エイミ・サカキバラ。ハワイ生まれの日系アメリカ人。ボストンにあるストーン財団で二年前まで遺物管理部門に務めていた」

「その財団って、例の黒木さんがいたトレジャーハンティングの？」

「専門のダイバーと最新鋭の調査船を持ってて、主に中世の沈没船を掘ってる。最近は水中文化財の保護に熱心な国も増えてきて、世間からも風当たりが強くなってきたから、昔ほど派手な活動はしてないが、それでもハンティングでは指折りの人材を抱えてる」

萌絵は写真を手にとって、まじまじと見た。

「二年前まで、ということは、もうやめちゃってるんですね」

「ハンと結婚して、夫の事務所運営を手伝ってたらしい。学芸員の資格も持っていて、水中遺物の専門家だったそうだ。彼女のお墨付きがついた遺物は、オークションでも高く売れたとか」

忍はゆっくりと脚を組んで、腕組みをした。

「まあ、昔から考古学者と骨董《こっとう》商の危うい関係というのはあったけれど、周りからは『そっちの道に行っちゃったか』と思われるやつかもね」

考古学的価値が骨董的価値と結びつくことは、まま、ある。考古学の調査が、今よりもずっと緩かった時代は、発掘で出てきた遺物をこっそり骨董商に横流ししたり、骨董商にその値打ちについてお墨付きを与えたりする者もいた。

もちろん科学鑑定それ自体は、研究目的でも売買目的でも公正であるべきだが、トレジャーハンティングの世界にいる考古学者は、学術のためというよりも、商売のためのの「目利き」となるべく研鑽を積む。

「このエイミさんも、そういう考古学者だったってことですね」

「というより学者から鑑定師へと職業変えしたってところかな」

運ばれてきた珈琲を、忍はブラックのまま、一口飲んだ。

「とにかく財団では、彼女の名前が入った『品質証明書』があれば、遺物は高く売れ、儲《もう》けられた。彼女は自信をつけたんだろう。世界から信頼を得た目を売りに、鑑定人として独立した。その後、ハンと結婚」

「このひとですか」

もう一枚、写真がある。死んだサミュエル・ハンとふたりで写っている。

「そうだ。……もちろん、鑑定人は、公正でなきゃいけない。第三者であるべきで、売り手とも買い手とも癒着があってはならないわけだが、彼女はハンと結婚した。ちょうどハンが自分の会社を立ち上げる時だった。出資する投資ファンド会社が、エイミの事業参加を求めてきたらしい。……まあ、結婚については個人のことだから、他人がどうこういう筋合いではないけど」

「で、ハン氏は『忠烈王の剣』を手に入れろ、と買付人から言われてたんですよね」

その話を、忍はまだ聞いていない。萌絵は口に手をあて、

「あ、ごめんなさい。西原くんとはケンカ中なんでしたっけ」

「別にケンカはしてないけど、今の話は？」

「昨夜《ゆうべ》チョウ氏から、聞き出したそうです」

宮地嶽《みやじだけ》公園に呼び出された無量が、チョウから聞いた話だ。ハンが剣を狙った理由を、忍は萌絵を介して知ることになった。

「なるほど……。ハンもまた買付人から求められて、あんな真似しでかしたってわけか。その買付人の名前は『バロン・モール』……〝もぐら男爵〟ときたか」

「知ってるんですか？」

「いや。初めて聞く名だが」

忍には名前自体よりも、その意味がひっかかる。〝もぐら《モール》〟の男爵。例の国際窃盗団の名も〝もぐら《コルド》〟だった。

「緑川さんを襲ったのは、買付人の手下みたいな人たちだったようです」

「そうか……、もしかすると、もしかするかもな」

「どういうことです」

忍が打ち明けると、萌絵は途端に顔をこわばらせた。

「それって、陸前高田《りくぜんたかた》の事件の時も関わってた人たちのことですか！」

「繋《つな》がりがあるのかどうかは、調べてみないと。……それで？　エイミさんとはまだ連絡がつかないんだね？」

「はい。居所も摑《つか》めないと……。やっぱり彼女なんでしょうか」

「遺物を盗んだ犯人が、かい？」

「そのために旦那《だんな》さんを殺しちゃったのかも……」

「なんとも言えないな。買付人の仲間が、金を払うのを渋って、殺して奪ったとも考えられる。無量たちはどうするって？」

萌絵は彼から聞いた通りに、話した。忍は驚き、

「贋物《にせもの》証明？　無量たちが？」

「はい。発掘で『忠烈王の剣』でない証拠が出れば、返してもらえるはずだと」

「何か根拠はあるのかな」

「さあ、西原くんは何も」

「期待とは逆に、まぎれもなく『忠烈王の剣』でしたっていうほうの証拠が出てきたら、

どうするつもりなんだろう」

「その時は忍にがんばってもらう。……だそうです」

「無量のやつ」

忍は肩をすくめた。

「まあ、無量のことだから、何か思うところがあるんだろう。そっちは任せて、僕らは消えた遺物捜索をがんばろう」

「えっ。私と相良さんでですか」

「他に誰がいるんだい？」

「でも私、夏休み……」

「今日中に見つかれば、明日《あした》からは休めるよ」

ああ、と萌絵は天を仰いだ。九州でバカンスの夢はどうやら遠ざかった。

忍は「しかし」と言葉を置き、珈琲カップをソーサーに戻した。

「問題は発掘チームにいる内通者だ」

「ハン氏にリークした人が発掘チームにいるという……？」

「やっぱり気になってね。チームメンバーの経歴を一から洗ってみた」

用意してきた書類には、メンバーのプロフィールが事細かに記されている。単なる経歴だけではなく転居先から子供の頃の親の転勤先まで記してある。

「こんなプライベートなことまで、どこで調べてくるんです？」

「はは……。文化庁時代の情報網があるんだよ」

萌絵は訝《いぶか》しんだが、官公庁のことには疎いので、そういうものかな、と思って流してしまった。忍はどんどん話を進め、

「黒木氏を除外して、彼以外でハンたちと接点があった人物がいないか、調べてみたんだが、ひとりだけ見つかった」

と言い、クリアファイルから一枚を抜いて差し出した。萌絵は驚き、

「司波さんじゃないですか！」

「司波さんとエイミさんは、出身大学が一緒だった。同じテキサスの水中考古学研究室の先輩後輩だ。エイミさんの在学中に講師をしていたこともある」

「そんな！　チームリーダーの司波さんがハン氏にリークしたっていうんですか！」

「可能性がある、というだけだ」

忍はそう言って、司波の写真の隣にエイミの写真を並べた。

「司波さんが、今回の発掘にトレジャーハンターだった黒木さんを招いたのにも何か理由があるのかもしれない。しかもエイミさんは黒木さんの元恋人だったんだろ？」

「ええ……そう聞きましたけど、西原くんから聞いたんですか？」

唐津の病院で盗み聞きした、とは忍は言わなかった。

「……実は、昨日、黒木氏の実家のある伊万里《いまり》に行ってた」

「伊万里に？」

「ああ。黒木仁《じん》が松浦党の子孫で、その証拠になる刀が父方の菩提寺《ぼだいじ》に預けられてると聞いて、話を聞きに言ったんだが、どうやらハンが死んだ日にエイミさんが墓参りに来ていたようなんだ」

エイミは黒木の兄の墓がそこにあることを知っていたらしい。

「……そして、松浦党の子孫の証《あかし》である刀も、なくなっていた」

「刀が？　どういうことです。エイミさんが持ち出したとでも？」

「いや、それはない。……はずだ。収蔵庫には普段、鍵《かぎ》がかかっていて、参拝者は入れない。いつからなくなっていたのかは、住職にもわからないそうなんだ」

忍は海に面した大きな窓を見やった。波打ち際では子供が遊んでいる。

「そして気になるのは、黒木氏のお兄さんが亡くなったのは、あの鷹島神崎《たかしまこうざき》海底遺跡に指定されている場所だということ」

「いま、西原くんたちが発掘してるところ……」

「神崎港の近くだと言っていた。素潜りをしていて、どうやら離岸流に巻き込まれたらしい。その潜っていた理由というのが、引っかかった」

忍はすっと瞳《ひとみ》を細くした。

「黒木さんの母方の祖母は、鷹島の郷土史家で、元寇についても調べていたらしい。『神風が吹かなかった証拠が海にある』と言っていたそうだ。お兄さんはその証拠を探して、潜っていたんじゃないかと」

無量が黒木のはとこから聞いた話だ。萌絵にもぴんと来るものがあった。

「海の底の元寇遺物を探してて、亡くなった？」

「もしかしたら、黒木氏の兄——黒木弦は、お祖母《ばあ》さんからその証拠とは何かを、聞いていたんじゃないか。それを探していたんじゃないか」

「それが、あの『忠烈王の剣』だというんですか？」

わからない、と忍は言った。それはさすがに飛躍している気もする。

「ただ、同じ元寇時代に拝領したという『対馬《つしま》様の刀』にも、黒木氏の祖母が『証拠は海にある』と言った根拠の一端があるんじゃないかと思って、見せてもらいにいったんだが」

その刀剣はなくなっていたのだ。

萌絵は頭を抱えてしまった。

「謎が謎を呼ぶってやつですね……」

「その刀が預けられてた寺にエイミさんが現れたというのも、ただの偶然とは思えない。黒木氏も、本当は何か知ってて隠してるんじゃないか」

「どうしましょう」

「エイミさんの足取りを追うのが先だ」

「心当たりがあるんですか」

「あるといえば、ある。一緒に来てくれるかな」

どこへ？と萌絵は前のめりになった。忍は車の鍵を取りだして言った。

「もう一度、伊万里に行く」

＊

午後になって波が高くなってきた。

無量は黒木と一緒にこの日二度目の潜水作業に入った。

第二調査区と名付けたエリアは、沈没船よりも水深は浅いとはいえ、海底にたどり着くまでに建物三階分ほどの深度まで潜らなければならない。水圧がきつくなるのを体中で感じながら、下へ下へと潜っていく。海底にたどり着くと、水中ドレッジを用いて発掘作業を開始した。

午前中に掘り下げたところを更に広げる。

遺物をホースの口に吸い込ませないようにして、注意深く海底を掘り進めていく。やがて宋銭の壺《つぼ》が顔を覗《のぞ》かせた。

『見たところ、黒褐釉《こくかつゆう》陶器だな。これ自体は別の場所でも出てる。コンテナ壺ってやつだろう』

『コンテナ？』

『内容物を運ぶための壺だ。たぶん中国製』

中性浮力を取りながら、黒木はライトを近づけ、壺の中を覗き込んだ。

『おい。宋銭《そうせん》かと思ったが……。この銅銭の文字、ひょっとしてパスパ文字じゃないか？』

『それ確か、蒙古《もうこ》で使われてた文字のことですか。あの総把印にも使われてた』

元《げん》の皇帝フビライが、チベット人のパスパに作らせたという文字だ。広大な元の全ての地域で使えるように、と開発された音節文字だった（日本の仮名文字のようなものだ）。ほんの百年ほどしか使われなかったので、幻の文字とも言われる。

『ってことは、やっぱり元軍の船が載せてた銅銭？　東路《とうろ》軍のっすか！』

東路軍は、蒙古軍と高麗軍の混成軍だ。高麗方の遺物である可能性もある。

『だとすれば、あの刀剣も高麗のもの？』

『いや』

と黒木が鋭く否定した。

『これがパスパ文字の貨幣だとすると、大元通宝の可能性が高い。大元通宝が鋳造されたのは、一三一〇年。弘安《こうあん》の役の二十九年後だ』

『え！　なら、元寇の後』

『そうだ』

じゃあ、と無量は腕で海水をひとかきして、黒木へと体を近づけ、

『この銅銭は元寇の三十年後。一緒に出たあの剣も、元寇の後に沈んだ……！』

『そういうことになる』

つまり、あの刀剣は「忠烈王の剣」などではなかったということだ。

『三十年後となると、持ち主である金方慶《キムバンギョン》もすでに没してる。あの遺物は元寇以降に沈んだものだったわけだ』

『あの剣は元寇とは関係なかったってことすか……』

ハンたちが求めていた「忠烈王の剣」ではないとすれば、彼らには値打ちのない「骨《こっ》董《とう》品」だ。それを伝えられれば、遺物を返してもらう道も開けるはずだ。

その点では喜ぶべきではあるが、反面、高麗軍の残した痕跡《こんせき》だと思って膨らんだ期待は一気にしぼんでしまった。贋物《にせもの》証明のためだったとは言え、複雑な気分だ。

『元寇遺物でなかったのは残念だが……』

考えてみれば、これだけ広い海で見つかること自体、大変なことだ。大元通宝が共伴遺物として出土したおかげで、トレジャーハンターに狙われた「お宝」とは別物だと判明した。本物であったとすれば、胸の躍る話ではあったが……。

『ちょっと待ってください』

無量が砂礫《されき》の下に何かを見つけた。表面が白く滑らかな、陶磁器片のようだ。

手スコで砂をそっとかいてみると、そこから出てきたのは、ほぼ完形の皿だ。

『絵の付いた皿です。これも貿易船が載せてた中国陶磁ってやつですかね……』

『皿だと？』

黒木がゆっくりと体を方向転換し、こちらに泳いできた。無量が指でさし示したところを見た黒木は「えっ」と声を詰まらせた。

『これは、伊万里焼じゃないか……』

『伊万里焼？　それって日本の』

そんなばかな、と無量はライトを近づけて海底に手を突いた。

『いや、でも伊万里焼って、近世のものじゃ』

秀吉《ひでよし》の朝鮮出兵で連れてこられた陶工が日本で広めた陶磁器だ。それが三百年も前の貨幣と一緒に埋まっているというのは、どういうことだ。

『この銅銭も、江戸時代くらいに沈んだってことですか？』

黒木は答えずに無量をゆっくりと押しのけると、自らの手で皿を掘り始めた。

無量は固唾《かたず》をのんで、見守っている。

やがて、砂の下から現れた美しい色絵を見た黒木は、息を止めて絶句した。

『まさか……そんなことが』

『どうしたんすか、黒木さん。心当たりでも』

『うちの窯の皿だ』

え？　と無量は問い返した。

黒木はマスクの奥の目を大きく見開いて、皿の絵を凝視している。

『この皿は……うちの窯で焼いた皿……まさか』

無量は耳を疑った。黒木が何を悟ったのか、その時はわからなかった。

海底の青みがかった視界でも、その皿に描かれた色絵の華やかさは伝わった。

その皿には、福寿草とカササギが描かれている。

＊

萌絵が伊万里を訪れるのは、これが初めてだった。

唐津からは車で四、五十分といった距離だ。忍の運転する車で、昨日の寺からほど近い大川内山《おおかわちやま》地区にやってきた。多くの窯元《かまもと》が険しい岩山の麓《ふもと》に肩を寄せ合うようにして集まっている。かつての鍋島《なべしま》藩の藩窯だった陶工たちの技術を引き継いで、今もそれぞれ特色のある作品を作り続けている。

石畳の坂道をあがっていくと、煉瓦《れんが》の煙突が見えてくる。軒を接するように鍋島焼を売る店が並び、歩きながらでもちょっとしたウィンドーショッピングが楽しめる。

「わあ……。かわいいお碗《わん》」

染付の柄も、昔ながらのものから、今風の小洒落《こじゃれ》たデザインのものまで、様々だ。

「昔、笙子《しょうこ》様のお伴で鍋島焼の展示会を見に行ったことがあるよ。すごいなあ、と感心した」江戸時代のものとも思えないくらいアバンギャルドなデザインで、すごいセンスもってますよね」

「そうなんですよね。昔のひとって、すごいセンスもってますよね」

「今みたいに情報が溢《あふ》れていない時代の人たちは、きっと何かが研ぎ澄まされていたんだろうな。……こっちだ」

忍が地図を見ながら、曲がり角を指さした。古い造りの店舗兼窯元には、目印のように煉瓦の煙突が立っていた。

煙突には「黒山窯」と大きく書かれている。

「ごめんください」

中に入ると、たくさんの作品が並んでいる。鍋島焼独特の、藍色《あいいろ》で染付された皿や碗だ。奥には鮮やかな色鍋島もあって、その華やかな配色に目を奪われた。

「福寿草と赤いカササギ……。なるほど、これがご住職が言ってた」

「いらっしゃいませ」

事務所の奥から三十代くらいの色白の女性が現れた。作業中だったらしく、エプロンをしていて、軍手を外しながら笑いかけてくる。

「黒木比奈子《ひなこ》さん……ですか？」

「はい。そうですが」

忍は名刺を取りだして、言った。

「突然伺ってすみません。亀石発掘派遣事務所の相良といいます。元寇関係の文化財について調査をしていまして、お父様がお寺に預けていた刀剣について、少しお話を伺いたいのですが……」

黒木比奈子は、黒木仁の妹だった。

婿をとってこの窯を継いだという。比奈子自身も陶芸家で、夫と一緒に作品作りをしているとのことだ。

今日は客も少ないらしく、奥にある喫茶スペースで話を聞けることになった。

「このへんにあるのが私の作品です。若い女性にも鍋島焼に親しんでもらおうと思い、普段の食卓使いもできるデザインを心がけています。夫の作品は伝統的な色柄なので、よく『おまえのは邪道だ』と言われますけど」

出てきた紅茶のカップにも可愛らしい小鳥があしらわれていた。

「とても可愛いです。ちょっとマイセンっぽいですね」

「ふふ。マイセンも伊万里焼に影響を受けたと言われているんですよ」

「へえ！　そうだったんですか」

「伊万里焼はヨーロッパで大流行したんです。私もマイセンを意識して洋食器にも使えるように工夫してみました」

「この鳥は、カササギですか？」

と忍がカップの中を指さすと、よくわかりましたね、と比奈子は目を輝かせた。

「当家では先祖代々、福寿草とカササギをモチーフにした色鍋島を作ってきました。いわば、うちのトレードマークみたいなもので、せっかくだけん、新しいデザインにも取り込んでみようと」

「カササギは、確か黒っぽい鳥でしたが、なぜ赤いんでしょうか」

「それは確か、故郷を忘れんように、との意味があるんだと聞いています」

「故郷を？」

比奈子は飾られた大皿に描かれた、翼を広げる真っ赤なカササギを見つめて言った。

「当家の先祖は、朝鮮から来た陶工と言われております。その先祖は故郷の村の、夕陽の池から飛び立つカササギが忘れられなかったようで、器にもその意匠ば残したのだと」

「夕陽……。それで赤いのですね……」

「はい」

うなずいて笑う目元が、兄の仁と似ている。エプロンがところどころ白く汚れているのは、陶石を含む胎土を扱うためだ。

「元々は、藩窯ではなかったんです。脇山という民営の窯場で、伊万里の陶磁器商人相手に焼いてたとか。福寿草とカササギは、その頃に描いていたもので」

「その後、藩の御用達に？」

「三右衛門《みつうえもん》という先祖が腕の良さを買われて、藩窯に引き抜かれたのです。鍋島藩の藩窯は優秀な陶工が集められたのですが、図柄や形が藩で厳しく決められていて、勝手なものは焼けなかったのです」

分業制でもあった。大川内山の藩窯では、腕の良い陶工は優遇され、武士の扱いを受けたほどだが、自由な出入りは許されておらず、閉ざされた世界でもあった。

「廃藩置県で窯が民営になった後で、復活させたと聞いております」

「そうだったんですね」

「伊万里焼は、中国の景徳鎮《けいとくちん》に代わる陶磁器として世界中でもてはやされたので、世界のどこかには、先祖が作ったカササギの陶器があるかもしれませんね」

あら、ごめんなさい、と比奈子は我に返った。

「刀の話でしたね」

焼きものの話になると、つい熱心に語ってしまうという。ようやく「対馬様の拝領刀」の話題になった。

「母が祖母から譲り受けたものです。先祖が松浦党の武士だったと」

「元寇で対馬小太郎《こたろう》という武将から授かったそうですね」

「そうなんです。うちは母方が鎌倉時代に元寇で攻められ、父方は秀吉の朝鮮出兵で連れてこられ……。なんだか不思議な縁なんですけど」

比奈子はコロコロと鈴を鳴らすような声で言った。

「元寇で鷹島の住民は大変な目に遭ったそうなのですが、松浦党には倭寇《わこう》になった者もいて朝鮮半島のほうでも暴れ回ったそうですけん、おあいこだ。……なんて、母方の叔《お》父《じ》はお酒を飲むたび、よく言ってました」

「その対馬様の拝領刀のことで、和尚さんから連絡がきたかもしれませんが、実は」

話を聞いた比奈子は驚いて、身を乗り出した。

「寺からなくなっていた？　盗難ですか？」

「いえ。それが、いつなくなったのかは、定かではないのです」

忍が空っぽになった箱の画像を、比奈子に見せた。

「和尚さんも二十年前に代替わりしてから一度も見ていなかったそうで」

「母が他界したのも、もうだいぶ前なので……。刀を預けていると話には聞いていたのですが」

困ったわ、という顔をしている。

「盗難届を出した方がいいのかしら」

「ご家族も見たことはないのですか」

「はい。少なくとも私は一度も。両親も他界していて」

忍は深く腰掛けていた体を、ぐっと前のめりにさせて言った。

「どなたか、剣の実物を見たことがある人はいませんか」

「もしかしたら叔父さんなら見たことがあるかもしれません。鷹島に住む、叔父です」

「連絡を取ることは可能ですか？」

「はい。ちょっと待っていてくれますか」

親切に比奈子は鷹島の叔父に連絡をしてくれた。待つ間、萌絵が怪訝《けげん》そうに問いかけてきた。

「あの、その対馬様の刀というのは、何か関係あるんでしょうか？　同じ元寇と言っても、忠烈王は高麗方で、対馬様は日本方だから接点があるようには」

「僕にもわからない。何も関係ないかもしれないし、ただ」

黒木仁という男の背景に何かあるような気がしてならなかった。海底遺跡で死んだ兄、失われた元寇の剣……。難解なパズルを前にしたように、忍は眉間《みけん》に皺《しわ》を寄せている。

「失われた、ふたつの刀剣、か……」

忠烈王の剣と対馬様の刀。

まだ見ぬ二振りの刀剣に思いを馳《は》せていると、比奈子が戻ってきた。

「連絡がとれました。今夜は家にいるそうです」

「ありがとうございます。さっそく伺います！」

訪問する約束をして、ふたりは黒山窯の店を出た。店先まで見送りに出た比奈子に、忍が言った。

「最後にひとつお訊《たず》ねしてもいいでしょうか」

「なんでしょう」

「先週末頃、こちらのお店にエイミ・サカキバラという日系人の女性が訪れませんでしたか？　このひとなんですけど」

とスマホの画像を見せる。比奈子が一瞬、虚を衝《つ》かれたような顔をしたのを、忍は見

逃さない。だが、比奈子は取り繕うように苦笑いを浮かべて、

「さあ……。そのような方は」

「そうですか」

画像には写っていないが、エイミの隣には兄の仁がいたことを話すかどうか、忍は迷ったが、結局言わなかった。

礼を言って、忍と萌絵は黒木の実家を後にした。石畳の坂道を降りていきながら、萌絵がようやく口を開いた。

「エイミ氏とどうやら面識があるようでしたね」

「永倉さんにもわかったみたいだね」

「とろい私でも、こう事件続きだと、人が嘘ついてるかどうか、だんだんわかるようになってきちゃいましたよ」

「そう。じゃあ僕も気をつけないと」

萌絵はどきっとした。しれっと言うものだから、含みがあるのか軽口なのか、聞き分けられなかった。ふたりは地区の入口にある大駐車場まで戻ってきた。

「鷹島に行くんですか?」

「いや。もう一件、寄りたいところがある」

車に乗って向かった先は、黒木家の菩提寺《ぼだいじ》だ。昨日も訪れた妙心寺《みょうしんじ》に再びやってきた。法事が終わったばかりの住職が、袈裟《けさ》姿で現れ、目を丸くした。

「おや、昨日の」

「ご多忙のところ、たびたびお邪魔してしまってすみません。実はひとつ、どうしても確かめたいことが」

対馬様の拝領刀が入っていた箱をもう一度、見せてもらえないか、と忍は頼んだ。

住職は応じた。その後、寺の中を片っ端から捜索したが、やはり中味は見つからなかったという。萌絵には忍の意図が読めなかった。中身は空っぽの箱に何の用が？と首をかしげていると、忍は隣で白手袋をはめ、差し出された桐箱を丁重に扱い始めた。

「あっ」

刀が納められていた型枠を外した。すると、箱の底に墨で文字が書かれている。萌絵も身を乗り出して覗き込んだ。

「箱書きが……。なんて？」

「〝アキバツ　ノ　ツルギ　ハ　タカシマ　ニ　アリ〟」

「アキバツの剣……？」

忍は萌絵と顔を見合わせた。

「アキバツって何？」

その一文の最後には、朱で四角い落款らしきものが捺《お》されている。名前はなく年月日もない。手がかりはこの落款だけだ。

「書体は篆書《てんしょ》っぽいけど、ちょっと読めないな……」

三センチ四方ほどの正方形の中に縦線と横線のみで記されており、漢字のように見えなくもないが、判読不能だ。

「アキバツの剣というのは、対馬様からもらった剣の名前でしょうか」

「たぶん。そういうことみたいだが『タカシマにあり』なんてわざわざ書くということは、この箱から中身を移した時に誰かが記して残したってことかな」

「鷹島にあり、ですか」

元々、鷹島に住んでいた母方の祖母のものだった。一度は伊万里の黒木家に移ったが、箱だけ残して、中身は祖母の家に戻されたということだろうか。

「……ってことは、これを書いたのは、黒木家のひと？　でも妹さんは見たこともないと言ってますし」

「ご両親でなければ、お兄さんか……黒木氏？」

忍は腕組みをして、頭の中で計算をした。

「ご住職。つかぬことを聞きますが、この剣が預けられたのは、黒木さんのお兄さんが亡くなる前ですか？　後ですか？」

「亡くなる前ですな。このとおり」

住職が箱を裏返すと、別の箱書きがある。

〝昭和五十五年六月二十日〟

と、記されている。預かった日付のようだ。

「お兄さんが亡くなる、一年前か……」

「それがどがんかしましたか？」

「あ、いえ……」

それ以上の手がかりは、見つけられそうにない。忍は箱底の墨書きをスマホに撮って納め、寺を後にした。

車に戻ってからも、萌絵はしきりに頭を悩ませている。

「どこかで見た覚えがあるんですよね……。あの落款」

「永倉さんが？　いったいどこで」

「どこだったんだろう」

答えが出ない。忍はカーナビに比奈子から教えてもらった叔父の住所を登録し、サイドブレーキを解除した。

「とりあえず、軽く何か食べてから鷹島に行くとしようか」

＊

比奈子の叔父――金原祥一《きんばるしょういち》と会う約束をした時間より、鷹島には少し早くついてしまったようだ。
「せっかくだから、ちょっと寄ってみよう」

忍が向かった先は、鷹島にある歴史民俗資料館だった。埋蔵文化財センターが併設されていて、海底から引き揚げられた元寇遺物の保存処理が行われている。

見晴台からは無量たちが今まさに潜水調査をしている海が見下ろせた。左手前には福《ふく》島《しま》、正面には対岸の松浦が望める。曇っているので海はどんよりとして見えた。入江には生《い》け簀《す》があり、漁船らしきものもいる。

「あれでしょうか、調査船」

「遠目じゃわからないが、漁船だって言ってたから、あれかもね」

「おーい。さいばらくーん」

聞こえないとわかりつつも、萌絵は手を振った。

「この海に四千隻も船が攻めてきたって……どんな景色だったんでしょうね」

「結構みっしり詰まってたんじゃないかな」

「大船団ですよね。密集してたとこに台風が来て、海が大荒れして、しっちゃかめっちゃかになっちゃったのかな」

「この伊万里湾は台風のとき、船が避難してくるところだから、全軍が想定以上に密集ってことはあったかもしれないな。でも一説には、そんなにたくさんは来てないんじゃないかとも言われてる」

「本当は二千ぐらいとか？」

「いや、もっと少ない。十分の一くらいだったって言ってる研究者も」

「えらいちがいですね」

「船が見つからないのはそのせいじゃないかとも」

萌絵は興奮に水を差された気がして、ちょっとしぼんでしまった。

「まあ、本当のことは調査を重ねてみないとね……。おっと。もうこんな時間か。行こう」

ふたりは奥に建つ資料館へと向かった。

「ん？　あれ？　相良さん、これ……っ」

萌絵が立ち止まったのは、玄関前に置かれた大きな四角いオブジェの前だ。

「これ、さっきの落款に似てませんか！」

え？　と忍が振り返り、萌絵のもとに戻ってきた。そのオブジェは鷹島で見つかった元寇遺物を模したものだ。

「管軍《かんぐん》総把《そうは》印《いん》……。まさか」

忍はスマホを撮りだして、箱底にあった落款を見比べた。

「似てる」

「まさか、あの落款はこれですか？」

「……いや、よく似てるけれど、これじゃない。総把印じゃない。けれど」

忍は指先で画像を大きくして、もう一度見比べた。

「そうか。パスパ文字！」

「パスパ……文字？」

「フビライ・ハンが作らせた元の文字だ。あの落款はパスパ文字で作られてたんだ」

でも、なぜ、パスパ文字の印章が黒木家にあったのか……？

そして、そこにはなんて刻んであったのか。

忍と萌絵は顔を見合わせた。謎は深まる一方だ。日本方の刀剣と元の文字。両者にはどういう関係があるというのか。

＊

「対馬様からの拝領刀……？　うちには、なか」

比奈子の叔父《おじ》・金原《きんばる》祥一は、あっさりと否定した。

鷹島の里免《さとめん》地区にある黒木仁の「母方の実家」だ。金原家は、この鷹島で代々、漁業を営んでいる。日に焼けた肌と分厚い大きな手が、いかにも漁師らしい。

「刀は、ない？」

忍と萌絵は、肩すかしをくらってしまった。

「てっきり、こちらに……お母様のご実家に戻されたものだと」

「いや。うちにはなかよ」

もう一度、首を横に振った。「アキバツの剣」は鷹島にある、と箱の底に書かれてあったので、金原家のことだと考えたのだが、どうも違ったようだ。

預けられていた寺からはなくなっていた、と聞くと、金原も驚き「おかしかねぇ」と首をひねってしまった。

戸棚の上には大漁旗をもつ漁師をあしらった博多《はかた》人形が飾られている。庭には漁具のたこ壺《つぼ》が重ねられていて、ちょっとしたオブジェのようだ。

扇風機の風を受けながら、ランニング姿の金原はたくましい腕を胸前で組んだ。冷たい麦茶を持ってきた妻に「知らないか」と問いかけたが、聞いたこともないという。

「ちなみに、金原さんはその剣を見たことがありますか」

「あるよ」

「その剣は、どんな？」

「柄《つか》が金でできとった」

金？　と忍は食いついた。

「象眼っていうとかなぁ。夜光貝みたいなとのはめ込まれとって、鞘《さや》は真っ赤な漆塗《うるしぬ》りやった。抜き身のほうは見とらんけど」

金の柄と漆塗りの鞘……。無量が見つけた刀と似ている。

「でも家宝だったんじゃないんですか？　なんで実家でなくお姉さんのほうに？」

「一人暮らししとった母が、大病ばして入院することになったったい。当時は俺も東京に住んどったけん、家においとくとが心配かけん、姉貴に預けたとよ」

と仏壇に飾られた遺影を見やった。金原とよく似た目元の老婦人が映っている。教師をしていただけあって、どこかキリリとして知的な雰囲気を纏《まと》っている。

教育者だった黒木の祖母は、その刀の文化財的価値を知っていたため、自分の死後は島の教員委員会に寄贈するつもりだったらしい。しかし、当時はまだ松浦市との合併前で、文化財保護に十分な予算がなかった。

「そいで地元におった姉が家宝の管理ば代わってすることに」

「それで妙心寺さんに」

「いずれは県に寄贈するつもりって聞いとったとばってん、姉も十年ほど前に急な病で亡くなってしもて」

脳卒中だったという。姉……つまり黒木母は急死したため、刀の存在は宙に浮いたままになっていた。金原自身、つい先日、従姪《じゅうてつ》の香織から聞かれるまで忘れていたという。

「その剣には〝アキバツ〟という名がつけられていたそうですが、何かその由来についてご存じですか」

「いや。まったく。母と姉なら知っとったかもしれんけど、そげん呼ばれ方はしたことなかったような」

松浦党の先祖が海で暴れた話は、武勇伝のようによく聞いたというが、元寇の話は、それこそ対馬様の配下だったことしか知らないという。対馬小太郎は墓が残っているくらいなので、戦の逸話などが伝わっていてもよさそうなものだが、と忍は不思議に思った。

「ここにはないのですね。だとすると、中身はどこに行ってしまったのか」

「刀はなかばってん、こげんもんはあるとです」

というと、金原は奥の部屋へと去った。再び現れた時には、漆塗りの箱を手にしている。

「母の遺品たい。当家の先祖のことば書いてあるらしかとですが、私はさっぱりなもんけん、どげんしたもんかな、と思っとったとこでした」

書状が二通、収まっている。拝見します、と言って忍が中を開いた。宝永《ほうえい》年間に記された家系図だった。もう一通はくずし字で長い文章が記されている。

「郷土史家やった母は、確かこれを解読したノートば持っとったはずとですが、そのノートん見当たらん」

「解読してみたいので、撮らせてもらってもいいですか」

許可を得て、スマホに画像を納めた。

「お母様が残したものは他には何か？」

「うーん……。あとは歌くらいかなあ」

「歌？」

「古くから家に伝わる子守歌です。元寇のことば歌っとるとか」

「えっ。聴かせてもらってもいいですか？」

金原は自分で手拍子を打ちながら、自慢の喉《のど》を披露し始めた。

〝からへいけ　からへいけとはもうせども
かいなきふねは　みなそこの
むくりこくりが　くるぞとて
おわれるおにの　そでぬらし
がっぽのうらを　ゆめにみん〟

民謡歌手かと思うほど巧《うま》かったので、萌絵は思わず拍手をしてしまった。

忍はますます不思議そうな顔をした。

「この歌詞はどういう……？」

「〝からへいけ〟というのはまじないことばみたいなもので、まあ、鬼は外みたいなもんですな」

「鬼は外？　節分のですか」

「邪気払いですな。悪かもんは出て行けーみたいなもんです。玄界灘《げんかいなだ》に面したあたりは、元寇でひどか目に遭《お》うた土地の多かけん、〝唐へ帰れ〟という言い方ばしたとでしょうな」

元寇でのトラウマから〝唐へ帰れ〟＝〝唐へ行け〟が邪気払いの祓《はら》え詞《ことば》へと転化した

らしい。

「では〝むくりこくり〟とは」

「〝蒙古〟と〝高麗〟のことじゃなかったかなあ。恐ろしかもんのことを、こげんいうとです。このあたりでは、子供の悪さしたりすると、〝むくりこくりの鬼がくる〟いうて脅すとですな」

「すると〝がっぽのうら〟は〝合浦《がっぽ》〟。高麗の港だ。元の連合艦隊――東路軍が出航した」

そこまで読み解いて、忍はまた不思議に思った。

「でも、そうするとこの歌詞は、追われる鬼のほうの心情を歌っているようにも聞こえます」

どういうことですか？　と萌絵が顔を覗《のぞ》き込んできた。

「つまり、唐へ帰れ、と言われても船は海の底に沈んでいる。追われながら、鬼は泣いて故郷を夢に見る……。まるで取り残された者の、望郷の念みたいじゃないか」

忍はまた考え込んでしまう。

念のため、歌を録音させてもらい、帰ることにした。

「ありがとうございました」

金原家を後にしたふたりは、どうも釈然としない。深い霧の中に入り込んでしまったような心地だ。

妙心寺からなくなった刀は「鷹島にあり」のはずだったが、ここにはなく、手に入れたのは家系図だけだ。

「どうやら松浦党にいた頃の家系図みたいだが、江戸時代のものか。こういう家系図は家に箔《はく》をつけさせるために脚色が多いから、あまりあてには……」

「謎が深まっちゃったみたい。パスパ文字の落款がついた、謎のメッセージも……。結局あれは何を意味していたんでしょうか」

ぽつり、と車の窓に雨が落ちてきた。空も暗くなってきている。

忍にはそれについては何か思い当たる節があり、どうやらその仮定のもと、行動しているようだったが、証拠が出ないうちは、安易に決めつけてはいけないと自制したのだろう。

「鷹島の別の場所かもしれない。金原家のお寺とか。とにかく可能性のありそうなところは当たってみよう」

萌絵は「はい」とシートベルトを締めた。

無量が関わることになると周りが見えなくなる忍だが、いつになくピリピリしているようにも見える。原因がわからない萌絵は、ちょっと不安になった。

「相良さん、あの……何かありました？」

「別に何も」

はねつけるように言って、シフトチェンジする。ぞんざいな物言いがどこか投げやりにも聞こえ、萌絵は狼狽《ろうばい》した。

忍はヘッドライトを点灯し、心の中の何かを薙《な》ぎ払うようにワイパーのスイッチを入れた。

第六章　heavenly blue

夕食後にミーティングをさせてくれ、と言い出したのは黒木《くろき》だった。

宿舎に帰ってきた発掘チームは、司波《しば》の指示を受け、いつもの部屋に全員が集まった。いつもは酒を持ち込んで飲み会になるところだが、今日は少し空気が違った。

「黒木から皆に、大事な話があるそうだ」

司波に促され、隣にいた黒木が、車座になったチームの面々を見回した。

そして、何を思ったのか。突然、土下座したのだ。これには皆が驚いた。

「お……おいおい、黒木さん、なんのつもりだ」

「皆に謝らなきゃならんことがある」

黒木は畳に額をこすりつけんばかりに頭を下げた。狼狽した司波が「いいから顔をあげろ」と言うと、黒木は少しだけ頭をあげて上目遣いに皆を見た。

「どうしたんだい。黒木さん」

内海《うちうみ》がうながすと、黒木は一度、唇を一文字に締めて、言った。

「第二調査区から出た刀剣のことだ。引き揚げる前に別のダイバーに持って行かれてしまい、皆には迷惑をかけた」

「なに言ってんだ。管理ミスはおまえの責任じゃない。いくら例のトレジャーハンターがおまえの知り合いだったからって」

「いいや、司波さん。それだけじゃないんだ」

黒木は眉間《みけん》に苦渋を刻んで、打ち明けた。

「あの刀剣について、今日ひとつ、わかったことがある」

無量《むりょう》はどきりとした。

──この皿は……うちの窯で焼いた皿……まさか。

パスパ文字の銅銭と一緒に出てきた伊万里《いまり》焼の皿。そこに描かれていた色絵を見て、黒木は何かに気づいたようだったが、無量には何も言わなかった。海からあがってきてからもいつも以上に寡黙で、空気がいやに張り詰めていて、声もかけられなかった。目の脇から一房垂れた黒髪が、陰影を濃くしていた。あの皿を見つけたせいで、ますます苦悩を深めたようでもある。

「いったい何がわかったんすか」

無量が問いかけると、黒木は一度、固く目をつぶった。

「あの刀剣は元寇遺物じゃない」

「え……。でもそれは別に謝ることじゃ……」

「もっと言えば、貿易船の遺物でもない。あれは」

黒木は、意を決したように皆に告げた。

「兄の手によって埋められたものだ」

「！」

「なんだって！」

司波が思わず腰を浮かし、他の者も身を乗り出した。広大《こうだい》もぽかんとなり、無量も絶句してしまった。

「どういうことだ。黒木」

「根拠は一緒に埋まっていた伊万里焼」

黒木は大きく息を吐いて、言った。

「あれはうちの実家の窯のものだ」

「え！　黒木さんのうち、窯元やったんですか？」

広大に向けて、黒木はうなずいた。

「福寿草とカササギは、うちの窯が代々描いてきた意匠で、うちの窯の目印だ。あの焼きものは間違いない。うちの窯のものだ」

「偶然ということは？　おまえんとこの先祖が焼いたやつを運んでいた船が沈んだのでは」

「いや。藩窯の陶工になってからは描けなかった印だ。古伊万里でもなかった。あれはたぶん、俺の父親が作った作品だ」

「それがなんであんなとこに」

「兄が埋めた」

無量は息を呑《の》んだ。

「死んだお兄さんのことすか。兄、とは……。あの近くの海で亡くなったっていう」

「ああ。黒木弦《げん》。俺がガキの頃、海底遺跡の近くで潜ってて死んだ。あの皿を埋めたのは兄だ。そして、あの刀剣を埋めたのも」

発掘チームの男たちは騒然とした。司波も血相を変えて、

「おまえの兄貴が埋めたってのか。あの刀剣は、じゃあ……」

「あれはうちの母方に代々伝わってきた『対馬《つしま》様の拝領刀』だ」

無量はギョッとして思わず広大と目と目を合わせてしまった。……対馬様の拝領刀！

「兄が寺から持ち出して、あそこに埋めた。まちがいない」

「なんのために！　なんであんな深い海の底に家宝の刀を埋めたりしたんすか！」

「……兄は、元寇《げんこう》の遺物を探していたんだ」

黒木は両手を畳についたまま、へりをじっと見つめ、

「祖母の影響で……。『神風が吹かなかった証《あかし》』を探してた」

「まさか、海に潜ってたのも」

「ああ、そのためだ」

黒木の家には、兄が鷹島《たかしま》の海で拾ってきた陶磁器片がたくさんあったという。夏休み

になると、祖母や親戚《しんせき》の家に泊まり込んで、元寇遺物探しに没頭した。深さ十メートルを超える海底にも素潜りでたどり着くことができた。

「あの年の夏のこと。俺はまだ幼かったが、はっきりと覚えている。兄が俺に言った言葉を」

「言葉……とは」

「〝仁《じん》。おまえに手柄を取らせてやる。海に潜れるようになったら、宝探しをしてみろ。鷹島の神崎《こうざき》からふたつ目の入江の先を探せ。そこに宝がザクザク埋まってる。その目印に、うちの窯の皿を置いてきた。それを探せ〟……と」

司波や内海たちは困惑した様子で黙り込んでしまう。

黒木は窓の向こうの、海を見やるようにして言った。

「その翌日、兄はまた鷹島に潜りに出かけた。俺は、兄が家を出るとき、カバンの中に刀が入っているのを目にした。それが何だと訊《たず》ねる前に、兄は出かけていき、そのまま、二度と家に戻ることはなかった……」

無量も言葉がない。

黒木兄弟はその少し前に、妙心寺《みょうしんじ》で「対馬様の拝領刀」を見せてもらったという。兄はなんらかの手段で剣を寺から持ち出し、鷹島に持っていったのだ、と黒木は幼心に思った。

変わり果てた姿で帰ってきた兄の所持品には、刀剣はなかった……。

「……それが真相だ。あの刀剣は『忠烈王《チュンニョルワン》の剣』なんかじゃ、ない」

黒木は司波に言った。

「子供が埋めた、いたずらだ」

「……。黒木」

実際、黒木家の皿が出てきている。

銅銭の壺《つぼ》を見つけたことも、黒木の兄は証言していた。疑う余地はなさそうだ。

司波は内海と目配《めくば》せをしあった。

「わかった。黒木。子供のいたずらにしても度が過ぎていると思うが、おまえの言っていることは本当のようだ。なくなった刀剣の扱いは『現代の埋蔵物』としよう。とはいえ、銅銭のほうの調査が残ってる。引き続き、がんばってくれ」

ミーティングはそのままの流れで、明日《あした》の予定を話し合った。

その間も、無量はじっと黒木を見つめている。

＊

「なんだって？　対馬様の刀は寺にはなかった？」

無量は萌絵《もえ》からの電話を受け、思わず声が大きくなった。

「もう探し出したのか？　黒木さんちの刀がある寺を！」

忍《しのぶ》の先回りぶりに舌を巻いた。確かに黒木家のことは忍にも伝えていたが、まさかちらりと告げた家宝の刀に着眼して、寺を調べて押しかけるなど思ってもみなかった。勘が良いにもほどがある。

「忍のやつ……。まさかここまで読めてて確かめにいったのか？」

『わかんないけど、箱の底にもうひとつ、墨書きがあったの』

携帯電話に送られてきた画像を見て、無量は顔をしかめた。

「〝アキバツの剣は鷹島にあり〟……この〝アキバツ〟ってのは？」

『拝領刀の名前だったんじゃないかって、相良さんが』

「もしかして、黒木さんの兄貴が書いたのかな」

寺から持ち出す時に在処《ありか》を書き残したとも考えられる。

『その落款はパスパ文字で書かれてるみたい。いま、美鈴《みすず》さんに解読をお願いしてる』

大学の史料編纂《へんさん》所にいる鷹崎《たかさき》美鈴のことだ。

「その落款を作ったのが、黒木さんの兄貴なら、もうまちがいないってことか」

『うん。あの海底遺物の剣は黒木さんちの刀ってことになるもんね。結局、忠烈王とは何の関係もなかったわけだよね。ハンさんの勘違いだったってわかったら、犯人に返してもらえるかな』

「向こうに、贋物《にせもの》を売りつける気が無ければ、ね……。そっか。寺になかったなら確定だな。ありがとな。ところで、忍はどうしてる？」

どうって？　と電話の向こうから萌絵が意地悪く聞き返してきた。

「だから……その、機嫌悪くしてるとか」

『ケンカしたこと、気にしてるんだ』

「してねーし」

『仲直りしてよ。これじゃまるで私が、夫婦げんかした両親の顔色窺《うかが》ってる子供みたいじゃない』

「だから、してねーし」

萌絵はあからさまに溜息《ためいき》をもらし、そして少しシリアスな口調になった。

『ねえ、ジム・ケリーって人と会った？』

水中発掘の見学に来ていたアメリカ人学芸員のことだ。「会ったけど？」と言うと、萌絵は少し言いにくそうにしながら、ためらいがちに、小声で言った。

『あのね……その、ただの偶然かもしれないけど。ジム・ケリーって名前』

「なに？」

『イニシャル〝JK〟じゃない……？』

無量はぴたりと固まってしまった。何かが頭の中で繋《つな》がった感じがして、そのままフリーズしてしまう。萌絵から何度も呼びかけられて、やっと我にかえった。

『大丈夫？　西原《さいばら》くん』

「ぐ、ぐうぜんだろ。ただの」

『だといいんだけど』

萌絵も不安そうにしている。無量もそのことには触れたくないのか、わざとらしく話題を変えて雑談をふたつみっつ交わし、通話を切り上げてしまった。掌《てのひら》の中の携帯電話を見つめ、ぼんやりとロビーの時計を見上げた。胸騒ぎがした。

まさか、あの男が……。

冷水が飲みたくなって食堂に向かった無量は、並んだテーブルの一角で、缶ビールを飲んでいる男に気がついた。

「黒木さん……」

無量に呼びかけられて、黒木は振り返った。電気もついていない食堂で、ぼんやりとひとりでビールを飲んでいる。外は雨が本降りになりつつある。窓ガラスに叩《たた》きつける雨滴が音を立てている。

黒木は「よう」と言うと、暗い窓の外を見た。

「明日の海は時化《しけ》りそうだな。宿舎待機かな」

「あの、お兄さんのこと……」

黒木は少し酔っているのか、目を伏せると息を漏らすように微笑んだ。

「悪かったな……。いろいろ」

「……いえ」

「けど、やっと胸のつかえがとれた気がする」

目を上げると、遠くを見やる。濡《ぬ》れた窓に映る黒木の顔は、まるで泣いているように見えた。無量は寄り添うように、隣に腰掛けた。

「昔から祖母に似て歴史好きな兄だったそうだ。元寇遺物に興味を持ったのも、祖母の影響だろうな」

「親には言ったんすか……？」

黒木は首を横に振った。

「刀のことは親にも言ってない。だが子供心にも、兄は悪いことをしたのだと悟った。葬式のことはあまり覚えていないが、変わり果てた遺体と対面した俺は『こげんもん兄ちゃんじゃなか』って泣きわめいたそうだ。怖かったんだ」

懺悔《ざんげ》するようにうなだれた黒木に、無量はどう言葉をかけていいか、わからなかった。

「むりも……ないっすよ……」

「怖くて、兄貴は海にいる『むくりこくりの鬼』にやられたんだ、と思った」

「むくり……こくり……？」

黒木が補足するように「蒙古《もうこ》と高麗《こうらい》のことを指す、このあたりの言葉だ」と言った。元寇の恐怖が後の世まで伝わって、そのように言われるようになったという。

「子供の頃、悪いことをすると、さんざん大人たちにそう言って叱られた。意味がわからないから、妖怪《ようかい》か何かの名だと思ってた。だが、父親は一度も口にしなかったな」

「どうして」

「俺の実家は、伊万里の陶工だ。先祖は朝鮮半島から連れてこられたという」

こくりとは高麗を指す言葉だ。蒙古襲来とは時代が違うが、先祖を鬼のように言うことには少なからず抵抗があったのだろう。

「……兄がそんなふうに死んだものだから、ガキの頃は水が怖かった。兄のように沈められてしまいそうで、学校のプールにも入れなくて、先生を困らせたものだ」

香織《かおり》が言っていたのは、そのことだったのだ。

幼心に抱えた秘密を、親にも打ち明けられなかった。「むくりこくり」に引きずり込まれた兄の最期を思い、恐ろしくて、ひとりでは眠れなかった。

海に近づくのも怖かった。

鷹島の海に沈んでいる、たくさんの死者たちが恐ろしかったのだ。

黒木は樋《とい》から滝のように落ちる雨水を眺めている。無量はその横顔に訊《たず》ねた。

「もしかして、仇討《かたきう》ちだと言ってたのは、そのせいですか」

——思い入れというより、俺はただ……仇を取りたいだけなのかもしれない。

いつかこの現場への思い入れを訊《き》かれて、黒木がそう答えたことを無量は覚えていたのだ。

黒木は遠い目をしている。

「高校の時、転機があった。鷹島で港の改修工事に伴う本格的な海底発掘が行われることになった。たまたま鷹島の親戚《しんせき》んちにダイバーが宿泊することになって、話を訊くことができた。俺は恐ろしいどころか、気がつけば、わくわくしてたんだ」

それがきっかけだった。引き揚げられた遺物を目の当たりにして、兄が夢中になったわけが理解できた。

「やってみたいと思った。実家の窯元を継ぐはずだったが、親の反対を押し切って、大学に進学し、水中考古学を志した。何より俺は負けたくなかったんだ。海に」

雨音にかき消される潮騒《しおさい》に、耳を傾けるようにして、言った。

「その海に兄さんを引きずり込んだ、元寇の怨霊《おんりょう》たちに──。いや、自分自身に」

「黒木さん」

「兄貴の最期の言葉が、ずっと耳に残ってた。〝おまえに手柄ば取らせてやるけん、海に潜れるごとなったら、俺が見つけた宝ば探せ。目印ば残しとる〟……あれが兄貴の遺言なら、俺は必ず見つけてやらなきゃならんような気がしていた。そうしなきゃ、兄貴の霊魂が浮かばれない」

それだけが兄の無念を晴らす道だった。黒木は鷹島の海で誓ったのだ。

「見てろ、兄貴。仇ば、とってやる。兄貴が見つけたお宝ば必ず見つけ出す。見つけ出してこの手で引き揚げてやる。そいができた時、やっと俺は、心の中の『むくりこくり』ば退治できる……とな」

今となっては遺言になった兄の言葉が、黒木にこの道を歩ませたのだ。

この海は、始まりの海でもあった。

「トレジャーハンターに身を落として、そんな初心すら忘れかけていたが……。ここに戻って来れたのも、兄貴が呼んだおかげかもしれん」

風雨で木々が揺れている。

無量も黒木の目線を追うように、窓の外を見た。

「……そうだったんですね」

「おまえさんも、そんなきっかけ持ちなんだろ？」

その右手、とあごでうながす。黒木には見抜かれていたらしい。

「言わなくてもわかるさ。亡霊と戦ってる人間の纏《まと》うもんは」

「亡霊……」

「ほんとうはな、今でも怖い。深い深い海の底は、死の世界だ。水中では深度があがるほど目に見えるものが青くなる。青くなって青くなって青だけが残って、やがてその青すらも届かない暗黒になる。俺にとってダイビングは毎回、死ににいくことなんだよ。だから怖い」

その先に死んだ兄の魂が待つ。

死の世界から宝を持って帰ることが、彼の仕事だった。

――海の底で、船霊に取り憑《つ》かれないように。

もしかして、黒木はずっと戦っているのだろうか。海の底の死者たちと。

海の底の、孤独な世界で、ずっと。

稲光が一瞬、黒木の横顔を照らした。頬にかかる一房の黒髪。その瞳《ひとみ》は、ようやく見つけた兄の形見を思い、悼むようでもあった。

「天上の青だなんていうが、天国ってやつは、天上じゃなく、きっと海底にあるんだ」

このひとはやっぱり自分と似ている、と無量は思った。心に傷を負わせたものと戦って、あがいて、それに克《か》つために土を掘り続けている。

多分、本当は不器用な人間なのだ。臆病《おくびょう》なのだ。怖くて仕方の無いものをもつ心が、無量には誰よりも理解できる。

黒木に惹《ひ》かれるのは、きっとあがきつづけた人間だからだ。海への恐怖を乗り越えて、その海でのプロフェッショナルになることで、心の傷に勝とうとした。だから惹かれる。自分もそうなりたいと思う。だから土を掘る。

無量は自分を奮い立たせるように、右手の傷を、左の掌に包み込んでいた。

「……すまんな。変なこと聞かせちゃって」

酔っていても感傷的になりすぎないよう自制するところが、黒木らしい。男の照れ臭さか、大人の心遣いなのか。目を伏せてはにかむ黒木を見て、無量は「いえ」と言った。

「どうすんです。これから」

「この一件は、おしまいだ」

黒木は飲み干した缶をテーブルに置いた。

「あの剣は兄貴が埋めた。忠烈王とは関係ない。なくなったのは、うちの家宝だったってことで終了だ」

「いいんすか……」

「ああ。ただ妙心寺《みょうしんじ》には確認したほうがいい。『対馬様の刀』があるかどうか」

「それならもう確認できました。箱の中身は空っぽだったそうです」

え？　と黒木が怪訝《けげん》そうな顔をした。無量は経緯を話した。黒木はあっけにとられ、

「こないだ見学に来た彼か……。しかしよくそこまで」

「すいません……。あいつ黒木さんがなんか知ってると思ったみたいで」

「いや。いいさ。疑われても仕方ない。けど、本当に刀はなかったか？」

無量は携帯電話に送られてきた「空の箱」と「箱書き」の画像を見せた。

「パスパ文字の落款か……。この文章を兄貴が書いたと？」

「筆跡に見覚えは？」

「実はあまり覚えてない。ただ祖母がパスパ文字を学んでいた」

「おばあさんが？」

「郷土史家で元寇研究家でもあった。兄は祖母の古文書解読も手伝うほどだったから、習得しててもおかしくない。しかし〝アキバツの剣〟……か。そんな名前がついてたとは」

「本当に返ってこなくていいんすか？　大事な家宝なのに」

それは返して欲しいに決まっている。だが、これ以上、時間を割きたくもないし、事を荒立てたくない気持ちもわかる。

「エイミさんには？」

「さっき、メールした。もしおまえが持ち去ったなら、それはクライアントには値打ちのないもんだ。返してくれと」

無量は驚いた。黒木もまた、内心ではエイミを疑っていたようだ。

もしかして、呼び出されて唐津《からつ》に赴いたのも、それを確かめるためだったのだろうか。

「返事は」

「まだない。例の買付人にもこの案件はNGだって伝えてもらわないとな」

ハンの部下チョウにも事の真相は伝わったはずだ。発掘チームの誰ともわからないが、情報を漏らした者がいたなら、遺物は「忠烈王の剣」ではないことも当事者たちに伝えるだろう。

「結局、誰がリークしたんでしょうね」

「知りたいか？　俺は知りたくない」

「そんな……でも」

「はっきりさせるだけが善じゃない。知らないままでいたほうが、物事円滑に運ぶこともある」

トレジャーハンティングの危うい世界に長年いた黒木は「君子危うきに近寄らず」の

スタンスでいるようだった。確かに調査のために集められた期間限定のチームだ。数日もすれば解散する同士、事なかれでいたほうがいいのかもしれない。だけど。

「……」

その台詞《せりふ》に無量が重ねたのは、忍のことだった。

「……やっぱ納得いかないっすよ」

黒木は苦笑いしながら、どこか眩《まぶ》しそうに無量を見た。

強い雨がガラスを激しく打つ。薄いガラス窓の隙間から笛のように風が鳴る。

しばらく耳を傾けていた黒木がふと小さな声で歌を口ずさみ始めた。初めてふたりで話した夜に歌っていた、独特の節回しの、哀調を帯びた歌だった。

〝からへいけ　からへいけとはもうせども
かいなきふねは　みなそこの
むくりこくりが　くるぞとて
おわれるおにの　そでぬらし
がっぽのうらを　ゆめにみん〟

「黒木さん、その歌……」

無量に言われ、黒木は我に返った。苦笑いして、

「おふくろが昔、俺を寝かしつける時に歌ってた歌だ。ガキの頃に聴いたから脳にしみこんでるんだろうな」

「むくりこくりの歌……すか」

「ああ。そういえば、歌詞の意味をまともに考えたことはなかったな。悪さをして、むくりこくりの鬼に泣かされる子供の歌かと思っていたが」

「がっぽ……って、蒙古軍と高麗軍が出航した港のことですよね」

日本遠征の拠点、基地だ。

その港を夢にみる、とは……。

「まるで蒙古側の人間が歌ったみたいな歌詞だな」

黒木はあらためてその歌詞の不思議さに気づいたようだった。

歌っていたのは母親だったという。

「子供の頃、ばあちゃんに歌ってもらった歌だと言ってた。よそでは聴いたことがない。なんでこんな歌がうちに伝わっているんだ……？」

内容も考えずに昔から口ずさんでいた黒木は考え込んでしまう。

無量も真似をして口ずさみ、なるほど、と思った。言われてみれば、確かに。

「まるで置き去りにされたひとが悲しんでるような……」

望郷の歌なのだ。

無量は思わず黒木と顔を見合わせた。

「捕虜？　……敵地に残された、捕虜の歌なのか……？」

風がびょうびょうとうなりをあげている。

この島で死んでいった者たちの悲鳴のような風音は、一晩中、やむことがなかった。

＊

翌朝、無量が目覚めると、ひとまず雨はあがっていた。

しかし、海は時化《しけ》模様で、黒木の予想通り、今日の作業は中止、明日《あした》は天候を見て判断することになった。ダイバーたちは宿舎待機だ。

「あー……。台風がきとんかー。この分じゃ明日も厳しいんちゃうかー」

食堂で朝食をかきこみながらテレビの天気予報を見て、広大が言った。作業が中止になってつまらなそうにしている。仕事熱心というよりも、海の中にいるのが単純に好きなのだ。無量はごはんに生卵をかけながら、

「だったら文化財センターで遺物の整理作業してこいよ」

「あ、道具の手入れ忘れとったわー」

すると、そこに黒木がやってきた。「あとでちょっと来い」と無量にジェスチャーで伝えて去っていく。広大がめざとく見て取って、

「なんやその、俺ら暗号でやりとりする仲です、みたいなアピールは」

「してねーし。つかおまえ、いちいち、つっかかりすぎ」

「バディは俺やろ。浮気すんなや」

「やきもちか」

言い合っていると、無量の携帯がメールの着信を知らせた。見れば、忍からだった。

〝今日そっちにいくから〟

そっけない。無量も少々気まずかったので「了解」とそっけなくかえした。

朝食を終えた後、黒木の部屋に赴いた。黒木は出かける支度をしている。

「エイミから返事が来た。遺物を返すと言ってる」

「え……」

無量は思わず棒立ちになってしまった。

「返すって、じゃあ、やっぱりエイミさんだったんすか。持ち去ったの」

「そうみたいだ」

「そうみたいだって、そんな」

拍子抜けしてしまうほど、エイミがあっさり白状したものだから、無量は逆に困惑してしまった。

「なんのために？やっぱ自分が大金を手に入れるためですか」

黒木も少なからずショックだったのだろう。心なしか青ざめた表情だ。

「返してくれるなら、遺物を横取りしたことはもう咎《とが》めないと言ったら、今日会って直接返したいと言ってきた。これからちょっと福岡まで行ってくる」

「福岡にいたんすか?」

黒木がスマホに届いたメールの文面を見せた。

〃今日十三時に、天神様のおたふく茶屋で待ってます〃

という内容の英文が書いてある。

「まだ付き合っていた頃、一度だけ、あいつを日本に連れてきたことがある。梅の花が見たいと言うから、案内した。梅ヶ枝餅《うめがえもち》がうまいと言って三個も食べた」

「心配だから俺も行きます」

「いや、おまえは来るな」

頬に少し疲労を滲《にじ》ませて、黒木は言った。

「心配ない。受け取りにいくだけだから」

「エイミさんの仕業だったんですか。ハン氏が死んだのも、やっぱり」

「………。そうでないことを祈るばかりだが」

エイミのもとにあるという「対馬様の拝領刀」は海底の元寇遺物としてはもう扱えないが、家宝であり兄の形見であり、取り返すことは黒木のけじめでもある。

「取り戻したら連絡する」

そう言って、黒木は車で出かけていった。

無量はそれでもやはり心配だったので、萌絵に電話で連絡をとった。萌絵はまだ唐津のホテルにいた。経緯を聞いた萌絵は急展開に困惑していた。

『天神様のおたふく茶屋と梅なんとか餅……？　そう言ったの？』

「店の名前ネットで検索したけど、出てこない。なんか心あたりないか？」

『天神様と言えば道真《みちざね》公。梅がつく餅って言ったら、梅ヶ枝餅？　太宰府《だざいふ》天満宮《てんまんぐう》じゃないかな』

太宰府にある菅原《すがわら》道真を祀《まつ》った神社だ。学問の神様として知られ、毎年多くの受験生が参拝にやってくる。

『この間シンポジウムがあった九州国立博物館が太宰府天満宮のお隣なの。登壇者の先生を連れてお参りしたんだけど、茶店もいっぱいあったよ』

「けど、おたふく茶屋なんてないぞ」

パソコンをいじりながら、無量が言った。すると萌絵が、

『ひょっとして、お石茶屋のことかな？』

「お石？」

『神社の裏手のほうに老舗《しにせ》の茶屋があったの。味のある建て構えで、お店の中に大きなおたふくのお面がかけられてた。そこじゃないかな』

梅ヶ枝餅は太宰府天満宮の名物だから、どこの店でも食べられるし、そのお石茶屋のものも有名で、梅林を見ながら梅ヶ枝餅が食べられるので評判だった。

『……私、行ってみる』

「けど面識ないだろ」

『黒木さんとエイミさんの画像なら、相良さんから送ってもらうから大丈夫。ふたりのことは任せて。ちゃんと見届けるから』

そう言って萌絵は電話を切った。確かに受け取るだけだから心配はいらないだろうが、「値打ちのある刀」が「無価値の刀」になった途端、掌《てのひら》を返すようにあっさり返却を申し出たエイミという女の神経が、無量にはよく理解できない。

――エイミはそんな女じゃない。

黒木に人を見る目がなかっただけなのだろうか。

それから二十分ほど経った頃、相良忍が宿舎にやってきた。

「さっき永倉さんから連絡があった。刀をもってったのは、やっぱりエイミさんだったって？」

「らしいよ」

忍も拍子抜けしてしまったらしい。まあ、自分たちは警察でも探偵でもないし、一番の目的は遺物が戻ってくることだから、それが果たされさえすれば、真相解明には至らなくてもミッションクリアであるわけだが……。

「いや、そうでもないかな。無量、ちょっと今からつきあってくれるか？」

無量は不思議そうな顔をした。忍はどこに行くとも言わず、再び車に乗り込んだ。

気まずかった。

車に乗っていても、忍になかなか話しかけることができず、無量は黙りっぱなしだ。それがムッとしているように見えるのか、忍もなかなか話を切り出そうとしない。

＊

車の目的地は意外に近かった。

殿《との》ノ浦《うら》の港を過ぎて、小さな集落に入る細い坂道を降りたところに、その神社はあった。

市杵《いちき》島《しま》神社とある。境内には細いしめ縄が張られ、数段小高いところにこぢんまりした社が建っている。緑に囲まれたその裏側は見えないが、たぶん、海が広がっている。

社の隣には、小さなお堂が建っていた。社務所ではないようで、人気《ひとけ》もない。

雨上がりで境内には水たまりができている。蒸し暑い中、蝉がじゅわじゅわと鳴いている。お堂のほうは入れるようになっており、ふたりは靴を脱いで畳にあがった。

「銅でできた仏様……？」

正面に祭壇があり、ガラス越しに仏像が一体鎮座している。青い銅製の仏像は、顔立ちが独特で、切れ長で大きな目が特徴的だ。額の白毫《びゃくごう》がとても大きく、結跏《けっか》趺坐《ふざ》した姿は安定感がある。

「この色あい、ちょっと鎌倉《かまくら》の大仏を思い出すな……」

「ああ。出土した銅剣みたいな……」

いわゆる青銅色をしている。寺の本堂で大事に祀られている銅製の仏像は、大体、鈍い黄金めいた色で輝いているものだが。

「この錆《さび》具合。もしかして元々、外にあった？」

「海から見つかったそうだ」

海？　と無量が思わず覗《のぞ》き込んだ。忍は説明書きをざっと読んで、

「どうやら元寇船に乗せられていて海に沈んでいた高麗仏らしい。漁師の網にかかって引き揚げられたんだそうだ。高麗の軍船の守り仏だったんじゃないかと」

「元寇遺物だったってこと？」

たぶんね、と忍はようやくいつもの笑みを浮かべた。

「面白い逸話がある。海からあげられたこの仏様は、ある日、盗人《ぬすっと》に持ち出されそうになったんだけど、仏像が『原《はる》の釈迦《しゃか》は原に帰る』と叫んだものだから、びっくりした盗人は、体を飾っていた宝玉だけとって逃げたんだって」

「叫んだって、この仏様が？　ぷっ。はは、ちょっと可愛いな」

と無量が破顔したので、やっとふたりの空気が和らいだ。原というのは集落の名前だ。少し異国風の顔立ちをした高麗の如来像を、無量は感慨深げに見上げていた。

「そっか……。この仏様もあの海の底にいたんだ……」

手を合わせる無量を見て、忍も表情を和らげた。

ふたりの間にいつもの空気が戻ってきた。沈黙が苦にならない安心感だ。忍といっしょにいる時は、まるで自分の体の一部のように感じて違和感がない。

無量はやっと素直になって言い出せた。

「ごめんな。この間、なんか変な突っかかり方して」

「ん？　なんだ。気にしてないよ。こっちこそ、ごめんな。ちょっとカリカリしてた」

顔と顔を見合わせると、いつもの和やかな忍がいる。無量はちょっと安心し、そしてあぐらをかいた足首を摑《つか》んで、背を丸め、

「あのさ……忍ちゃんさ」

――ジム・ケリーって名前、イニシャル〝JK〟じゃない……？

萌絵の言葉を反芻《はんすう》し、口にしかけた言葉を、のみこんでしまう。

無量は嘘がつけない。忍への一抹の警戒は、隠そうとしても、滲んでしまう。

ケリーの正体を問いただしたところで、忍は本当のことは言わない。気休めのための答えが欲しいわけではなかったが、本当のことを知ろうと踏み出せば、きっとまた、あの能面のような忍を見ることになる。能面……？　いや、お面をかぶっているのは今の忍のほうであって、お面に見えたあれこそが、素顔なんだとしたら？

再び心を閉ざしてしまった無量を見て、忍は複雑そうな顔をしていたが、空気を変えるように一度、背筋をのばすとおもむろに切り出した。

「実は昨日、この近くにある黒木さんの実家に行ってきたんだ。目的は『対馬様の拝領刀』探し、だったんだけど」

当然ながら、実家に刀はなかった。無量は大きく息を吸い、背筋をのばした。

「まさか黒木さんの兄貴が持ち出して、海の底に埋めてたとはね」

「一件落着としたいところなんだが、実はその黒木氏の叔父《おじ》さんから、家伝の古文書を見せられてね」

「古文書」

「郷土史家の母親——黒木さんのお祖母《ばあ》さんが保管していたそうだ。……美鈴さんに解読してもらってたんだけど、ちょっと気になることが判明した」

「気になることって？」

「松浦《まつら》党時代の先祖の功績を伝え記したものだったんだが、彼らは……金原《きんばる》家の先祖は、どうやら元寇の時の、高麗軍の生き残りだったらしい」

無量は「えっ」と声を詰まらせた。忍は高麗から来た如来像に彼らの面影を重ねるようにして言った。

「〝元寇の時、鷹島に上陸して戦っていたが、帰る船を失い、ついには飢えて降参して捕虜になった。殺されずに生かされて、そのまま鷹島に留《とど》まった〟そんな内容だ」

無量の脳裏によぎったのは、黒木が歌っていたあの子守歌だ。〝からへいけ　からへいけとはもうせども〟という。

「元《げん》の記録では、蒙古人・漢人・高麗人はことごとく殺されたとあるが、実際はそうでもなかったらしいな」

「……捕虜だったとすると『対馬様の拝領刀』は？　敵の大将から刀をもらったって、寝返りでもしたってこと？」

無量が問うと、忍は深刻そうな顔になった。

「どうした？」

「実はそのことにも触れていた。その話は偽装だ」

え？と無量は目を剝《む》いた。忍は如来像を一度見上げ、無量を振り返った。

「松浦党に組み込まれるにあたり、嘘をついたんだ。実はあの刀は、金原《きんばる》の先祖が故国から持ち込んでいたものだった」

「まさか……っ」

「彼はどうやら高麗の先遣部隊の万戸《ばんこ》（軍団長）にあたる人物で、その刀剣を金方慶《キムバンギョン》から託されていたらしい。降伏後、何年も経って、松浦党に組み込まれた時に『対馬様から拝領された』ことにして、自分たちが高麗を捨てて帰化したことをアピールしたんだろう」

無量は数瞬、頭の中が混乱した。金方慶《キムバンギョン》は高麗軍の元帥だ。

「つまり、黒木さんちの家宝だった刀は」

「ああ。金方慶《キムバンギョン》の刀……それが〝アキバッの剣〟なんだろう。もしかしたら、忠烈王から授けられた刀である可能性も」

　無量は絶句してしまった。

「うそだろ……」

「………」

「じゃ、本物の『忠烈王の剣』って可能性もまだ」

「ただ証拠もない」

　忍はじっと如来像を上目遣いに見つめた。

「……あるとしたら、パスパ印」

「それって、箱書きと一緒に捺《お》してあったやつ？」

「あれが実は、元寇時代の、本物のパスパ印だったとしたら？」

　無量は固唾《かたず》を呑《の》んだ。

　忍は神妙な顔つきになって言った。

「無量、この一件。一筋縄ではいかないかもしれない。黒木さんの手元に無事戻ってくればいいんだが……」

　萌絵のことが気にかかった。自分が頼んでわざわざ行かせてしまった。無量は意を決し、

「忍、やっぱ行こう。太宰府に」

「今からかい？」

「うん。何事もなければ餅《もち》食って帰ってくればいい」

今からなら約束の時間には十分間に合うはずだ。忍は我が意を得たりというように
「わかった」と答えた。ふたりは立ち上がり、お堂を出た。

すると、いつのまにかお社の前に人影がある。ふたりの中年男性だ。ひとりはこの蒸し暑いのにスーツを着ていて、もうひとりはポロシャツ姿だった。

「白田《しろた》さん……？」

ポロシャツ男は発掘チームの白田守だった。白田は「おや」という顔をして、

「西原くんじゃないか。こんなところで何をしてるんだい？」

「いや、ちょっと調べ物してて……」

と言いかけた無量は、言葉を忘れたかのように、唐突に固まってしまった。目は白田の連れに向けられている。その視線を追った忍も「あっ」と思わず声を発してしまった。

「あなたは……っ」

背の高いスーツの男は、ふたりを見ると驚きもしないで、醒めた目で言った。

「……これはまた、妙なところで会うもんだな。忍くん」

「藤枝《ふじえだ》教授！」

そこにいたのは藤枝幸允《ゆきのぶ》だ。筑紫《つくし》大学の史学科教授。そして――。

西原無量の父親。相変わらず人を見下すような冷ややかな様子で、不遜《ふそん》に微笑むと、藤枝は鷹揚《おうよう》な態度で、十数年ぶりに再会する息子へと視線を向けた。

「こんなところでおまえと会うとはな。無量」

「………」

無量は息を細く搾り出し、仇《かたき》を見るような目つきで父親を睨《にら》みつけている。

鬱陶《うっとう》しいほどに蟬の声が高まる。

蒸し暑い曇天のもとで、親子はじっと対峙《たいじ》した。

*

太宰府天満宮はこの日も多くの参拝者で賑《にぎ》わっていた。

春になると梅が美しい境内も、今は真夏とあって、緑一色だ。三十五度を超える猛暑は雨で一段落したが、蒸し暑さが増していて、参拝者も手に手にうちわや扇子を持って扇《あお》いでいる。

「よかった。間に合った」

萌絵は辺りを見回した。昼食の時間で店はどこも賑わっている。赤い太鼓橋を渡ると、華やかな神門を抜け、本殿の道真公へ申し訳程度に挨拶《あいさつ》をして、裏手へ抜けた。

つい先日シンポジウムの登壇者を案内したばかりなので、勝手知ったるものだ。目指すお石茶屋は本殿の裏側にある。梅園を抜け、いくつかある茶屋の一番奥にあるのが、エイミの待つ店だった。

年季を感じさせる渋い建て構えの茶屋は、昔、お石という美人の看板娘がいるので評判になり、各界から著名人が立ち寄る名物茶屋になったという。

中に入ると、壁に飾られた大きなおたふくのお面が目に飛び込んできた。エイミが言っていたのは、このおたふくだ。余程印象深かったのだろう。

「いらっしゃいませ」

店内は昼時で混んでいる。見回したが、それらしき女はいない。まだ少し早かったのだろうか。

「お庭の席でしたらすぐにご案内できますよ。暑いですけど、よろしかったらどうぞ」

店員に促され、萌絵は食券を買って庭へと出た。緋毛氈《ひもうせん》の敷かれた桟敷《さじき》席がいくつかあり、まばらだが客もいる。

「いた」

奥まった席に、画像で見た女がいた。髪を後ろでひとつに束ね、服装も露出を抑えた半袖《はんそで》紺ワンピースで、写真から受けた派手な印象に比べるとだいぶ控えめだが、彫りの深めな顔立ちは間違いない。エイミだ。

ハワイ育ちで暑さには慣れているのか、外でも苦にならないようだ。

まだ黒木は来ていない。

離れた席で梅ヶ枝餅に噛《か》みつきながら、萌絵はどうしようか考えた。このまま偵察している手もあるが、もう少し、近くで色々確かめたい。けれど、相手は夫を殺して遺物

を横取りしたかもしれない女だ。恐れもあったが、萌絵は意を決して、

「あの、すみません。よろしければ、カメラのシャッターをお願いしていいですか」

観光客を装って、声をかけた。するとエイミは意外にも笑顔で応じた。

「いいですよ」

緑が生い茂る庭を背景に、スマホで写真を撮ってもらった。

「よければお返しに撮りましょうか」

「いえ。大丈夫です」

英語なまりはあるが、片言ではない流ちょうな日本語だ。日系人とは聞いたが、祖父や曾祖父などから習ったのだろうか。萌絵はどうにか話題を繋《つな》げようとして、

「太宰府は初めてですか？」

と問いかけた。エイミは萌絵が年若いせいか、お互い女性一人旅の（とみえる）安心感からか、邪険にはしなかった。

「いえ。昔、友人と梅を見に来たことが」

「梅の季節は、さぞ、きれいなんでしょうね」

ええ、とエイミは遠い目をした。黒い瞳《ひとみ》は日本に住む日本人よりも黒く、どこか神秘的にすら見える。

「おひとり？　よかったら、お座りになりませんか？」

「は、はい」

思いがけず促され、萌絵は遠慮なく隣に腰掛けた。エイミは梅園を眺めて、

「とてもきれいでしたよ……。紅梅が満開で、ああ、これがこのひとの故郷の、花の香りなんだな、と思いました。季節外れの雪がまだ残っていて、梅の香りに包まれながら、ふたりでお参りしました。今も忘れられません」

瞳が大きくて勝ち気に見えるが、話し方はゆったりとしていて大人の女性の包容力を感じさせる。梅の香りではなく、オリエンタルな香水の匂いが鼻腔《びこう》をくすぐった。

「もしかして、そのひとは恋人……」

「今では思い出のひと」

その思い出のひとを待っている。黒木はまだ来ない。

偵察のつもりで近づいた萌絵だが、それを忘れそうになるほどエイミの醸す癒しの雰囲気に引き込まれてしまう。それともこれがハワイアンの空気か。

「その人は福岡の方だったんですか？」

「いいえ。伊万里です」

「ああ、焼きもので有名な」

会話をしながら、さりげなく、エイミの持ち物をチェックする。手元にあるのは、小ぶりのハンドバッグだけだ。遺物を入れたような大きな荷物は見当たらない。引き渡すといいながら、持ってこなかったのか？

「伊万里には行かれたんですか？」

「いいえ、そのときは色々あって。でも、どうしても彼の故郷の焼きものが欲しくて、空港のおみやげ屋さんで買ったの。掌《てのひら》に載るほどの一輪挿し」

「彼からプレゼントされたんですか？」

「自分で買いました。彼は『そんなみやげ用じゃなくて、もっとちゃんとしたものを買ってやる』と嫌がってしまって……。窯元の息子のプライドがあったのですね」

死んだ夫の遺物を横取りする悪女、と思っていたが、話しぶりからはそんな顔はまるで思い浮かばない。

もしかしたら、夫を殺しているかもしれないのに……。

「あなたはお相手の方と一緒では？」

「あ、いえいえ。独り者です」

「そうなのですか？　とても可愛らしいのに」

萌絵はうっかりほだされかけてしまったが、彼氏がいるのが当たり前、というような欧米の価値観に軽い物言いをつけたくなった。

「あの頃が一番よかった……。私は臆病《おくびょう》すぎて賢くあろうとして、ゆく道を間違えてしまった。愚かであったほうが、幸せになることもあったでしょうに」

遠い目をするエイミの目には、緑生い茂る真夏の梅園に、春の紅梅が見えているようだった。楚々《そそ》とした梅の香りに包まれているように、萌絵には思えた。

もしかして、今もまだ……。

「あの、実は、私一人旅をしてるんですが、他におすすめのところなどありますか」

会話を続けながら、もう少しエイミの本心を聞き出せないだろうか、と萌絵は試みた。あわよくば、遺物横取りの動機についても糸口が摑《つか》めないか、と探っていた。そのときだ。

エイミが突然、会話を中断した。彼女の目線は、店の入口に向けられている。

黒木がやってきたのか、と萌絵は思った。が、そうではなかった。

ぞろぞろと入ってきたのは、三、四人の男たちだ。途端にエイミが立ちあがった。

「S, Sorry……。じゃあ私はこのへんで」

と言い、バッグを摑むと、慌てた様子で庭のほうから店を出ていってしまう。それに気づいたのは男たちだ。「いたぞ！」というようなことを英語で叫び、エイミを追ってくる。

「え、え、え……？」

萌絵は動転した。理由はわからないが、エイミが追われていることに気づくと、迷うことなく、エイミの後を追った。

「待って！　あのひとたちはなんなんです！」

すると、エイミがハンドバッグから何かを取り出し、萌絵に握らせた。見れば、ロッカーの鍵《かぎ》のようだ。

「これをジンに！　ジンに渡して！」

首を捕まえる。

「あ、ちょっと待って！」

エイミは後も振り返らず、逃げ出した。が、すぐに男たちが追いついて、エイミの手を捕まえる。

「Release your hold!（手をはなして）」

エイミが激しく抵抗している。萌絵の体は反射的に動いた。次の瞬間には、エイミを捕まえた男の体がぐるりと反転して、投げ飛ばされている。

これにはエイミも驚いた。

「こっち！」

萌絵はエイミの手を引いて、走り出した。その先には赤い鳥居があり、山へとあがる一本道が続いている。すぐに男たちが追ってくる。萌絵はエイミを先に行かせ、男たちに立ちはだかった。殴りかかってきた男を髪一筋かわし、掌底打ちをくらわすと、畳みかけるように回し蹴《げ》りをお見舞いした。更に襲いかかってくる男たちを迎え撃ち、次々と地面に沈めると、エイミの後を追って急な坂道を駆け上がる。

鬱蒼《うっそう》とした山の中を赤い鳥居が延々と続いている。そこは参道になっていて、両脇には紅白の幟《のぼり》が何本も並んでいた。幟には「天開稲荷大明神《てんかいいなりだいみょうじん》」と染め抜かれている。

「エイミさん！」

どんどん勾配《こうばい》がきつくなってきて、石段の途中でエイミは息を切らして足がとまりかけていた。後ろからは男たちが追ってくる。萌絵はエイミの手を引いて、なお上を目指す。急勾配のためだんだん足が上がらなくなってきたが、立ち止まるわけにもいかない。

突然、視界が開けた。

参道の頂には、紅白のお社が建っている。天開稲荷神社だった。鈴と鈴緒が十三も下がっているのが風変わりで、境内には数名の参拝者がいた。

「い、行き止まり……？」

いや、確か博物館の方へ抜ける道があるはずだ。萌絵とエイミは、更に神社の裏手に回ってみると、まだ赤鳥居の階段が続いている。その先にあったのは「奥の院」と呼ばれる石積みの祠《ほこら》だ。ちょっと横穴式石室を思わせる。萌絵は「そこに隠れて」とエイミの背中を押すと、自分は鳥居の前で男たちを待ち受けた。

間もなく男たちが追いついた。

「Where is Amie?（エイミはどこだ）」

「英語で聞かれたってわかんない。日本語か中国語で言ってよ」

リーダー格と思われる帽子男が「捜せ」と指示する。が、萌絵は行かせまいと立ちはだかる。再び激しい乱闘になった。

「神聖な境内で何させんのよ！」

かかってきた男たち三人を相手に萌絵は一歩も引かない。ますます磨きをかけた拳法《けんぽう》で次々と相手を倒していく。だが、三人は萌絵のひきつけ役だった。そう気づいた時には手遅れだった。後から駆けつけた四人目にかかと落としを決めた時だった。

「Help!」

背後から女の悲鳴があがった。

振り返ると、エイミが帽子男に羽交い締めにされている。

「エイミさん……っ」

逃げだそうとして見つかってしまったらしい。しかも男はその手に折り畳みナイフを握っていて、エイミにつきつけている。

「動くナ。この女、殺スゾ」

万事休すだ。

萌絵は息を呑《の》んで、固まってしまう。

「………。神様の前でそんな物騒なもの振り回すと、バチがあたるよ」

すると、最初に倒した男が立ちあがって、萌絵の背後から拳銃《けんじゅう》をつきつけてきた。

「イブツはどこだ」

まずい。これはまずい。「万事休す」から「絶体絶命」だ。

萌絵は顔を強《こわ》ばらせながら、ゆっくりと両手をあげた。

主要参考文献

『松浦市鷹島海底遺跡　平成27年度発掘調査概報』長崎県松浦市教育委員会
『鷹島　蒙古襲来・そして神風の島』長崎県松浦市教育委員会
『床浪海底遺跡―長崎県北松浦郡鷹島町床浪港改修工事に伴う緊急発掘調査報告書―』鷹島町教育委員会　床浪海底遺跡発掘調査団
『水中考古学のABC』井上たかひこ　成山堂書店
『月刊文化財　平成二十八年七月号』文化庁文化財部　監修　第一法規
『蒙古襲来』服部英雄　山川出版社
『蒙古襲来のコリア史　高麗王国の悲哀と三別抄の抗戦』片野次雄　彩流社
『高麗史日本伝　朝鮮正史日本伝2（上）』武田幸男　編訳　岩波文庫
『モノから見た海域アジア史　モンゴル～宋元時代のアジアと日本の交流』四日市康博　編著　九州大学出版会
『松浦党研究とその軌跡』瀬野精一郎　青史出版

取材にご協力いただきました長崎県松浦市教育委員会事務局の内野義様、松浦市立鷹島埋蔵文化財センターの皆様、京都市埋蔵文化財研究所の加納敬二様に、深く御礼申し上げます。

なお、作中の発掘方法や手順等につきましては実際の発掘調査と異なる場合がございます。また考証等内容に関するすべての文責は著者にございます。

執筆に際し、数々のご示唆をくださった皆様に心より感謝申し上げます。


本書は、文庫書き下ろしです。

遺跡《いせき》発掘師《はっくつし》は笑《わら》わない

元寇船《げんこうせん》の眠《ねむ》る海《うみ》

桑原水菜《くわばらみずな》

平成29年 5月25日　初版発行
令和6年 12月10日　8版発行

発行者●山下直久

発行●株式会社KADOKAWA
〒102-8177　東京都千代田区富士見2-13-3
電話　0570-002-301（ナビダイヤル）

角川文庫 20354

印刷所●株式会社KADOKAWA
製本所●株式会社KADOKAWA

表紙画●和田三造

●お問い合わせ
https://www.kadokawa.co.jp/（「お問い合わせ」へお進みください）
※内容によっては、お答えできない場合があります。
※サポートは日本国内のみとさせていただきます。
※Japanese text only

ISBN978-4-04-105266-2　C0193

◆◇◇